国际大奖小说·成长版
英国蓝彼得童书奖

羽毛男孩

[英]妮奇·辛娜/著　穆卓芸/译

天津出版传媒集团
新蕾出版社

图书在版编目（CIP）数据

羽毛男孩 /（英）辛娜（Singer,N.）著；穆卓芸译.
— 天津：新蕾出版社，2014.4（2019.8 重印）
（国际大奖小说·成长版）
书名原文：Feather Boy
ISBN 978-7-5307-5807-6

Ⅰ.①羽… Ⅱ.①辛…②穆… Ⅲ.①长篇小说-英国-现代 Ⅳ.①I561.45

中国版本图书馆 CIP 数据核字（2013）第 284912 号

FEATHER BOY by NICKY SINGER
Copyright ⓒ NICKY SINGER 2001
This edition arranged with CONVILLE & WALSH LIMITED
Through BIG APPLE AGENCY, INC., LABUAN, MALAYSIA.
Tim Byrne – photographer
Cover design layout ⓒ HarperCollinsPublishers Ltd 2002
Simplified Chinese translation copyright ⓒ 2014 by New Buds
Publishing House (Tianjin) Limited Company
ALL RIGHTS RESERVED
津图登字：02-2013-116

出版发行	天津出版传媒集团 新蕾出版社
	http://www.newbuds.com.cn
地　　址	天津市和平区西康路35号（300051）
出 版 人	马玉秀
电　　话	总编办 (022)23332422
	发行部 (022)23332351　23332679
传　　真	(022)23332422
经　　销	全国新华书店
印　　刷	北京盛通印刷股份有限公司
开　　本	895mm×1370mm　1/32
字　　数	100 千字
印　　张	7.5
版　　次	2014 年 4 月第 1 版　2019 年 8 月第 17 次印刷
定　　价	24.00 元

著作权所有，请勿擅用本书制作各类出版物，违者必究。
如发现印、装质量问题，影响阅读，请与本社发行部联系调换。
地址:天津市和平区西康路35号
电话:(022)23332677　邮编:300051

前言

一辈子的书

梅子涵

亲近文学

一个希望优秀的人，是应该亲近文学的。亲近文学的方式当然就是阅读。阅读那些经典和杰作，在故事和语言间得到和世俗不一样的气息，优雅的心情和感觉在这同时也就滋生出来；还有很多的智慧和见解，是你在受教育的课堂上和别的书里难以如此生动和有趣地看见的。慢慢地，慢慢地，这阅读就使你有了格调，有了不平庸的眼睛。其实谁不知道，十有八九你是不可能成为一个文学家的，而是当了电脑工程师、建筑设计师……可是亲近文学怎么就是为了要成为文学家，成为一个写小说的人呢？文学是抚摸所有人的灵魂的，如果真有一种叫作"灵魂"的东西的话。文学是这样的一盏灯，只要你亲近过它，那么不管你是在怎样的境遇里，每天从事怎样的职业和怎样地操持，是设计房子还是打制家具，它都会无声无息地照亮你，使你可能为一个城市、一个家庭的房间又添置了经典，添置了可以供世代的人去欣赏和享受的美，而不是才过了几年，人们已经在说，哎哟，好难看哟！

谁会不想要这样的一盏灯呢？

阅读优秀

文学是很丰富的,各种各样。但是它又的确分成优秀和平庸。我们哪怕可以活上三百岁,有很充裕的时间,还是有理由只阅读优秀的,而拒绝平庸的。所以一代一代年长的人总是劝说年轻的人:"阅读经典!"这是他们的前人告诉他们的,他们也有了深切的体会,所以再来告诉他们的后代。

这是人类的生命关怀。

美国诗人惠特曼有一首诗:《有一个孩子向前走去》。诗里说:

> 有一个孩子每天向前走去,
>
> 他看见最初的东西,他就变成那东西,
>
> 那东西就变成了他的一部分……

如果是早开的紫丁香,那么它会变成这个孩子的一部分;如果是杂乱的野草,那么它也会变成这个孩子的一部分。

我们都想看见一个孩子一步步地走进经典里去,走进优秀。

优秀和经典的书,不是只有那些很久年代以前的才是,只是安徒生,只是托尔斯泰,只是鲁迅;当代也有不少。只不过我们不知道,所以没有告诉你;你的父母不知道,所以没有告诉你;你的老师可能也不知道,所以也没有告诉你。我们都已经看见了这种"不知道"所造成的阅读的稀少了。我们很焦急,所以我们总是非常热心地对你们说,它们在哪里,是什么书名,在哪儿可以买到。我就好想为你们开一张大书单，可以供你们去寻找、得到。像英国作家斯蒂文生写的那个李利一样，每天快要天黑的时候，他就拿着提灯和梯子走过来，在每一家的门口，把街灯点亮。我们也想当一个点灯的人，让你们在光亮中可以看见，看见那一本本被奇特地写出来的书，夜晚梦见里面的故事，白天的时候也必然想起和流连。一个孩子一天天地向前走去，长大了，很有知识，很有技能，还善良和有诗意，语言斯文……

同样是长大，那会多么不一样！

自己的书

优秀的文学书，也有不同。有很多是写给成年人的，也有专门写给孩子和青少年的。专门为孩子和青少年写文学书，不是从古就有的，而是历史不长。可是已经写出来的足以称得上琳琅和灿烂了。它可以算作是这二三百年来我们的文学里最值得炫耀的事情之一，几乎任何一本统计世纪文学成就的大书里都不会忘记写上这一笔，而且写上一个个具体的灿烂书名。

它们是我们自己的书。合乎年纪，合乎趣味，快活地笑或是严肃地思考，都是立在敬重我们生命的角度，不假冒天真，也不故意深刻。

它们是长大的人一生忘记不了的书，长大以后，他们才知道，原来这样的书，这些书里的故事和美妙，在长大之后读的文学书里再难遇见,可是因为他们读过了,所以没有遗憾。他们会这样劝说:"读一读吧,要不会遗憾的。"

我们不要像安徒生写的那棵小枞树,老急着长大,老以为自己已经长大,不理睬照射它的那么温暖的太阳光和充分的新鲜空气,连飞翔过去的小鸟,和早晨与晚间飘过去的红云也一点儿都不感兴趣,老想着我长大了,我长大了。

"请你跟我们一道享受你的生活吧!"太阳光说。

"请你在自由中享受你新鲜的青春吧!"空气说。

"请你尽情地阅读属于你的年龄的文学书吧!"梅子涵说。

现在的这些"国际大奖小说"就是这样的书。

它们真是非常好,读完了,放进你自己的书架,你永远也不会抽离的。

很多年后,你当父亲、母亲了,你会对儿子、女儿说:"读一读它们,我的孩子!"

你还会当爷爷、奶奶、外公和外婆,你会对孙辈们说:"读一读它们吧,我都珍藏了一辈子了!"

一辈子的书。

目　录

第一部
　　机会之屋··························1

第二部
　　羽毛衣··························125

第一部 机会之屋

我应该去,为什么不去呢?
我会这么想,
不是因为我答应了那个怪老太婆,
而是我觉得那间房子就在不远的地方等着我。

1

故事得从凯瑟琳来谈"老人计划"开始说起。如果是凯瑟琳,她一定不会这么说,她会说这个故事发生在从前从前、未来未来和永远永远的现在。问题是凯瑟琳是讲故事高手,我又不是,我只是刚好是当事人而已。

总之,事情发生在午餐之后那一段死气沉沉的时间,微弱的阳光试着穿透窗户,洒进七年级的教室里。班主任雷小姐拿了一张椅子,拍拍椅垫要凯瑟琳坐下,接着她"嗯哼"一声,搔了搔头。我们都很讨厌雷小姐搔头,因为她的灰头发稀稀疏疏,藏不住底下发白的头皮。只要手指在那恐怖的头皮上轻轻一搔,整个肩膀都是头皮屑。尼克说,雷小姐如果不做老师,改行去帮电影撒雪花,一定会赚大钱。我妈却说没什么。她之所以会这么说,是因为她小时候有一位卡莎老师,讲话常常喷口水,喷得毛衣上到处都是。

讲故事就是这点麻烦,很容易跑题。所以我重新开始,雷小姐说"嗯哼",然后,"这位是凯瑟琳小姐,凯瑟琳……"

"德纳芙①。"尼克说。

"来自阿拉贡②。"德瑞克说。

"帕尔③。"韦斯利说。

读到这里,各位应该知道我们正在上关于亨利八世的历史课。当然,尼克除外。

"各位同学。"雷小姐说着从讲台上走下来,动作很快。她很胖,身材肥嘟嘟的,但动作却像蜘蛛一样敏捷。前一分钟她还拿着粉笔笑眯眯地站在教室前面,一转眼已经蛇行到你的桌前,用粉笔抵着你的脖子,或是尼克的脖子——在我要讲的故事里。

"凯瑟琳·芬恩,"雷小姐终于接上了话,"今天要来给我们讲老人计划的事,对吧?"

全班的注意力立刻转移到教室前面。凯瑟琳很年轻,大约二十多岁,个子很小,皮肤黝黑,感觉有点儿心不在焉。她穿的衣服颜色很鲜艳,像是从三个不同颜色的大染缸里染出来似的。但她一直没有说话。

---

①凯瑟琳·德纳芙:法国著名女影星。
②来自阿拉贡的凯瑟琳:英国国王亨利八世的第一任王后。
③凯瑟琳·帕尔:英国国王亨利八世的最后一任王后。

"凯瑟琳。"雷小姐说完又搔了搔头,那副表情我们实在太熟悉了。

"嗨。"凯瑟琳终于开口了。

"嗨,凯瑟琳。"全班同学说。

凯瑟琳挪了挪身子,好像她是《三只小熊》故事里的金发姑娘①,坐在熊妈妈的椅子上浑身不自在:"谢谢你们邀请我来。我……"凯瑟琳正要继续说,雷小姐的耐心却已经用完了,她一个箭步冲回教室前面。

"我们很荣幸地请到凯瑟琳,由她负责组织班上同学和梅菲尔德赡养院的居民一起参与一项活动。"

"那里是疯人院吗?"韦斯利问道。

"不是,韦斯利,那里不是疯人院。我们要班上同学参加活动,就是希望打破一般人对老年人的无知态度。显然,我们必须先搞清楚一些基本概念。有谁能告诉我,赡养院是什么地方?"

尼克举手了。"是植物店。"他说。

"尼克,你什么意思?"

"我家梅西阿姨就住在赡养院,她是植物人。"

"从前从前、未来未来和永远永远的现在,"凯瑟琳突然开

---

① 童话故事《三只小熊》中的金发姑娘跑到小熊家白吃白喝,在被小熊一家发现后逃之夭夭。

口了,"有一个王子,从来没有人见他开口说话。"她声音很低、很急,连尼克都来不及插一句"怎么可能"。"王后妈妈,"凯瑟琳继续说,"因为儿子是哑巴,所以很伤心。国王看妻子这么伤心也很难过,所以在王子十八岁生日那天,宣布只要有人能让王子开口说话,就能得到最丰厚的奖赏。但是失败的人必须立刻被处死。"

"酷。"韦斯利说。

"这分明是幼儿园小朋友听的故事嘛。"尼克边说边用铅笔戳他的手心。

"所以,"凯瑟琳抢在雷小姐开口之前说,"你觉得这个故事对你们来说太幼稚了?"

"没错。"尼克说,"除了……"他瞄了全班同学一眼,"罗大呆之外。"

罗大呆是班上的笑柄。他长得瘦瘦小小,很难看,双手双脚就像四条细线松松垮垮地接在手肘和膝盖上。他头大得不成比例,看上去像只毛茸茸的丑小鸭。他的眼睛是蓝色的,不过隔着厚厚的眼镜片很难看出来。如果你把他的眼镜拿下来,他就会一脸惊恐,好像全身都被脱光了一样。他其实不叫罗大呆,而是罗伯特——罗伯特·诺贝尔,但我记得从来没有人叫他罗伯特。幼儿园的时候,他头发比现在还黄,班上小朋友都叫他"小鸡",

就连摩根老师都这么叫他。但自从尼克进了这个班,他就变成罗大呆了。"罗大呆·诺贝壳"、"罗大呆·诺笨蛋"、"罗大呆·诺败儿"。我不认为长着一头深色鬈发、绿眼睛、身材修长健美的尼克,曾经试着透过"罗大呆·诺败儿"的眼镜去看世界,但我有。因为我就是罗大呆·诺败儿。

"我认为,"凯瑟琳说,"听故事无所谓年龄大小。故事中包含了所有归纳人生经验的方法,好的坏的都有。实际上,我认为故事是人类最重要的一种沟通方式。"

"说得没错。"雷小姐说,"谢谢你。老人计划的目的,就像凯瑟琳刚刚说的,是希望老人和年轻人可以彼此分享经验,互相学习。比如礼仪。"

所有绰号里头,我最讨厌的就是"罗大呆·诺败儿"。尼克自从"葡萄事件"之后就开始这么叫我,这件事我以后再说。到现在,我只要说出"葡萄"两个字,就会觉得不舒服。去超市买东西,只要看见又大又绿的葡萄,我就想吐。

"我们可以讲故事。"凯瑟琳说,"讲讲我们自己的故事和那些老人的故事,看看他们小时候跟你们小时候有什么不一样,看看他们那时候是不是跟你们一样聪明。之后我们会把大家的发现收集起来,做成一份报告。"

"什么样的报告?"凯特问。

"我还没想好,可能是张很大的图,或很多张图,也许再加上一些文章、绘画、照片和有纪念意义的东西。我想可能需要两份报告,一份挂在学校,一份挂在老人之家。"

"太酷了。"韦斯利说。

"当然,"雷小姐说,"不是所有同学都能参加。赡养院的地方不够大,能去的同学有限。"

"这么说,我们要去老人院咯?"德瑞克问。

"没错,在接下来四五个星期的星期三下午。所以,"雷小姐扬起下巴,像是在挑战我们,"我们需要大概十个志愿者。"

这时候,大家一定会回头看尼克,不过动作并不明显,可能只是瞄一眼或偷看一下。这个活动到底是酷得要命,还是只有蠢蛋才会参加?这是好事还是坏事?尼克会"首肯"这个活动吗?只见尼克坐在椅子上(当然,我也瞄了他一眼)像罗马皇帝一样君临天下,睥睨万物,享受众人瞩目的感觉,因为大家都在等他决定这件事到底值不值得做。

我举手了。

"谢谢你,罗伯特。罗伯特·诺贝尔。"雷小姐在名单上写下我的名字。

尼克气得拧眉瞪眼。枪还没响,我竟然抢跑了。这下可好,班上的笑柄要去,其他人再也不会报名了。这也算得上是一种影响力吧，我想，只要我碰过的东西，就不会有其他人想碰。反正，之后就再没有人举手了。

"拜托，别这样。"雷小姐觉得很丢脸，试着游说我们，"莉兹小姐会陪参加的同学去赡养院。至于其他的人，"说着她目光一凛，"就留下来和我在一起。"

莉兹小姐是班上的实习老师，人很温和，不会骂人，打她这张牌通常很奏效。问题是，大家都知道星期三下午是体育课和两节美术课，根本没有莉兹小姐的课。所以，同学们还是继续用手指卷小纸片或盯着窗外发呆。

"如果没有人自愿，那我只好点名咯。"

"有很多勇敢的人，"凯瑟琳突然开口说，"想要让年轻的王子开口说话，结果都被国王砍了头。就在国王和王后快要放弃希望的时候，附近森林里来了最后一个挑战者……"

凯特举手了。虽然可能只是我自己幻想，但我好像听到尼克咬牙切齿的声音。班上这么多同学，尼克最不希望见到举手的人就是凯特。不过，我不认为凯特是想挑战尼克的权威，她会举手是因为她对这个活动感兴趣，而且她不像班上其他同学，她有自己的看法。所以我才会喜欢她。虽然我希望她也喜欢我，但在她眼里，我就跟小虫子一样毫不起眼。尼克就不一样了，她显然很注意他，因为她每次从尼克面前走过时，尼克都会说"真美"。我一直在等她对尼克反唇相讥,但她从来没这么做过,甚至有时候还会对着尼克微笑。

"凯特·巴柏,"雷小姐记下她的名字,"谢谢你。"

凯特的朋友露西也举手了,笑柄魔咒好像失效了。奥利佛、汤姆和梅伊跟着举手,之后是另外几个同学。只有德瑞克还在犹豫。

"好,"雷小姐很快点了一下人数,接着说,"现在有八个人。如果再加上韦斯利小朋友和我们的尼克先生,正好十个。"

就这样,接下来的星期三,我出现在梅菲尔德赡养院,参加一个从此彻底改变我命运的计划。

2

梅菲尔德赡养院的休息室很像牙医诊所的候诊室,房间里死气沉沉的。我们是吃完午饭过来的,老人们都已经就座了,有的坐在绿椅子上,屁股下垫着塑料垫;有的盖着鲜艳的补丁毯子,包住大腿和膝盖,旁边摆着拐杖或助行器;还有的整个人陷在轮椅里。

我们刚走进休息室,一片老迈、毫无生气的沉寂立刻压了过来。我们十个人忍不住缩在凯瑟琳背后,好像自己有无限活力是件很丢脸的事。有几个老人瞪着我们,其他人则一副视而不见的样子。尼克左右踮着脚,我则是低头盯着地板。要是雷小姐在这里,一定会出来带头,可是她不在。我们等了又等,看凯瑟琳有什么反应。这时突然听到一声尖叫,原来是一个坐在轮椅上的老人:"我是不是来错地方了?"

"欢迎光临。"尼克说。

"快啊,快点,"护士长说,"马薇丝。"

马薇丝看起来就像穿着洋装的母鸡,肌肉松松垮垮,瘦巴巴的,粗粗的毛发一撮一撮地从她发黄的皮肤上冒出来。她的脖子一定是被人切掉了,然后直接把头接在肩膀上面。

"干吗?"她问。

"这是计划。"护士长一个字一个字讲得很大声,好像在跟外国人或笨蛋讲话,"跟小孩儿说话。"

"哦。"马薇丝说,"那什么时候喝茶?"

"嗨,"凯瑟琳开口了,她站在大家目光的焦点上,用微微颤抖的语气说,"我是凯瑟琳。"

"我家里有两个亲戚死在这里。"马薇丝自说自话。

"才没有。"护士长斩钉截铁地说,"好啦,小朋友,你们怎么不找位子坐呢?"

我们全都松了一口气,坐了下来。老人们挪脚、咳嗽、盯着我们看。

"嗨,"其中一位看起来比较正常体面的老先生弯身靠近我,"你叫什么名字?"

"罗伯特。"我嗫嚅着。

"嗯哼。"老人说,"你在这里做什么,罗伯特?"

于是,凯瑟琳开始向所有人解释。因为我们都坐着,只有她站着,所以刚好可以抓住大家的注意力。她粗略说明了一下计划,然后提议分组,一个老人跟一个孩子。

"大家稍微隔开一点儿空当。"她说,"对了,围成一个圈。现在,向离你最近的人做自我介绍,他就是你的搭档。等一会儿我们大家再一起分享。"

运气很好,离我最近的就是刚才那位"正常老先生"。至于尼克,他则是坐在马薇丝老太太的脚边。

"我叫罗伯特。"我马上重复了一遍,免得别人抢走我的位子。

"你说过了。"老人回答,"我叫艾伯特。罗伯特跟艾伯特,伯特伯特。有人叫你伯特吗?"

"没有。"

"哦。"艾伯特说。

沉默了一会儿,老人又说:"我以前可招女生喜欢了。"说完他叹了一口气,听起来很哀伤。但只是一小会儿,接着他又微笑着说:"呵呵,小伙子。"

他的眼神很温柔,当然不是对我,估计是想到了缥缈的往事。那一瞬间,我突然想起我的爷爷卡汀,心里一阵温暖,他以前也叫我"小伙子"。他曾带我去划船,直到有一天他在吊车库门的时候心脏病发作死掉为止。正当我心里暗暗庆幸艾伯特可能没什么问题,我这个"罗大呆"终于开始时来运转了,休息室里突然爆出一声尖叫：

"我不要这个！"

所有人都转头去看大叫的那个人。她很高，就算坐着还是很高，满头白发，背像棍子一样直挺挺的，伸直的右手食指指着凯特。

"嗯，"实习老师莉兹小姐一直不动声色，这会儿也手忙脚乱地说，"露西，你要不要跟凯特交换？露西？"

露西一动也不动。

"露西？"

"不要。"棍子背老太婆说，"我不要小女生。"说完她扬起食指，在空中舞动，"我想要小男生。"她的食指停在半空中，然后……"我要他！"她指着我说。

你们应该听说过，有些游戏是让两边队长自己选队员，一边选完另一边选，但最后竟然多出一个人吧？最有趣的是，不管参加的人是十个还是十二个，最后剩下来的永远是同一个人。不管玩什么游戏，一定不会有人选他。那个人就是我。

"你叫罗伯特？"凯瑟琳说。

我祈祷了那么久，期待了那么久，希望被神选到，但他似乎没注意到我，然而现在——

"罗大呆，"尼克说，"她要挑罗大呆！"

尼克的嘲弄并没有动摇棍子背老太婆的决心。她对我招招手，我知道这下非去不可了。

"罗大呆。"艾伯特若有所思地重复着。

凯特已经走到休息室中间了，我站了起来。

"对不起。"我和凯特像足球比赛交换球员一样一上一下，两人擦身而过的时候，我对她说。

"别搞笑了。"她答道。

我走到棍子背老太婆的面前。距离这么近，我才发现她原来非常虚弱，身体瘦巴巴的没有血色。我想她一定是靠意志力才能坐得这么笔直。

"我叫罗伯特。"我很有礼貌地伸出手。

"艾迪丝。"她回答，完全不理会我的手，"艾迪丝·索瑞尔。"

我的手沮丧地垂了下来，如同我沮丧的整个人。

就在这时，放有茶点的小推车来了，一路上叮叮当当，还伴随着大喊大叫和艾伯特的心声"感谢上帝"。凯瑟琳显然没想到茶点这么快就送到了，吓了一跳，惊魂未定地跟大家说，希望我们利用这段时间"好好儿认识对方"。"要记得有的老先生老太太可能听不见，"凯瑟琳说，"所以问问题尽量简短，例如您有没有孩子？有没有孙子？有没有先生？有没有太太？您之前做什么工作？等等。就这样。"

"您有孩子吗?"

"没有。"

我顿了一下,留下一个空当。你也知道,聊天儿就是这样。你开口,然后他开口,然后你再开口。

但艾迪丝什么也没说。

"先生呢?"我试探着问。

"没有。"

我又顿了一下,这次更久一点儿。我看着茶车朝我们靠近,速度很慢。

"想喝茶吗?"

"不想。"

茶车从我们身边掠过。赡养院的员工显然知道艾迪丝不喝茶,也不吃饼干。那些椭圆的饼干上面有"好吃"两个字,还撒满了糖霜。我目送着饼干被送到韦斯利那边。

"您工作过吗?"

我听见艾伯特回答凯特的声音在我背后响起。他先是在锯木场工作然后"在大楼上",每天能赚六便士。

"六便士是多少?"凯特问。

"啊?"艾伯特说。

"六便士,那值多少?"

"三条面包,就这么多。"

"没有,"艾迪丝说,"我没有工作过。那时候不主张年轻女人出去工作。"

我觉得她在敷衍我,这可不公平,加上饼干的事让我火冒三丈,于是我开门见山地说,"您说不要女生,是不是有什么特别的理由?"

"没有。"

"好,那您为什么选我?有什么特别的理由吗?"

她直勾勾地看着我,我觉得自己好像变透明了,能被她的目光穿透。

"我是说我,"我又问了一次,"为什么是我,不是其他男生?"

"没有原因。"艾迪丝说。

"好了,"等茶车终于离开了,凯瑟琳说,"我想给大家讲一个故事。"

"哦吔。"艾伯特说。

艾迪丝双手紧握,放在大腿上。我突然有一种奇怪的感觉,觉得她在试着安抚自己,让自己振作。

凯瑟琳开始讲:

从前有一个哑巴王子和一个年轻女孩,这个年轻女孩想要解除王子身上的魔咒，让他能说话。王子的爸爸妈妈，也就是国王和王后，他们答应只要有人能够让王子开口说话，就赐给他王国的财富；但如果没有成功，就要接受被砍头的命运。

"你是在说连续剧《左邻右舍》吗？"马薇丝问。

"你这个大蠢蛋！"艾伯特说。

女孩知道，想让王子说话，光凭本事、耍诡计或赌运气是不够的，因为之前已经有很多人试过，结果都丧命了。于是，女孩到森林里去找她的爷爷奶奶。三个人在小屋里吃完晚餐之后，女孩就跟爷爷奶奶说起她的计划。

"喔，我亲爱的孙女啊，"奶奶大声说，"你不知道这会有什么后果。"

"我知道，奶奶。"女孩说，"所以我才来找你们。你和爷爷在森林里住了这么久，知道夜晚怎么会变成白天，冬天怎么会变成春天。如果这样不行，那你们在对方的心里活了这么久，知道爱情的光明与黑暗。如果这样还不够，你们读了那么多书，讲过那么多故事，一定知道怎么开始，怎么结束。爷爷奶奶，我求求你们，把知道的都告诉我，因为我希望能将你们的智慧带到王子面前。"

"护士，"马薇丝大喊，"把窗帘拉起来！"

"我快讲完了，"凯瑟琳柔声说，"你就可以去睡了。于是，爷爷奶奶真的把他们知道的一切都告诉了他们的孙女,他们说了一整个晚上,女孩也听了一整个晚上。我希望我们也能像他们一样。"

"什么?"艾伯特说。

"她要你把秘密全都告诉这些小孩儿啦。"护士长大声地说。

"我才不要,他们会被吓死。"

"不是秘密,"凯瑟琳说,"是智慧,是你们这么多年生活下来学到的东西。"

"不要多管闲事。"和韦斯利一组的老人杜西说,"就这样。管好自己的事就好,就这样。人小耳尖,就这样。"

"嗯,这也算开了个头吧。"凯瑟琳说。

"就这样。"韦斯利用强调的语气跟着说了一次。

"韦斯利……"莉兹小姐说。

"我是在复诵智慧,"韦斯利说,"跟杜西学的。对吧,杜西?"

"你这个不要脸的小捣蛋。"杜西说。

"如果我明天被砍头的话,您有什么话要对我说吗?"我对艾迪丝说。

"没有。"

我用手指按住喉咙,发出"咔"的一声,"那我只好死掉了。"

"什么？"这好像是她第一次被我吓到。

"死掉，"我又说了一遍，"我死了。才十二岁就死了。死、掉、了。死了，完蛋了，翘辫子了，头掉到地上了。"

"别说了，"艾迪丝说，"马上给我住嘴。"

"对不起，我停不下来。没有你的人生智慧，我就完蛋了。凯瑟琳不是说了吗，只要告诉我森林里的智慧，就算只有一两个，我就没事了。你可以救我一命。你想救我，对吧？"

她瞪了我一眼，"当然，我不顾自己也会救你，你知道的。"

"是吗？太好了！那就给我讲讲重要的事吧。"

"讲什么？"

"我不知道啊！应该是你告诉我才对。你生命里最重要的事，现在的，以前的，都行。"

"圣艾本街二十六号，机会之屋顶楼。"

"什么？"

"你可以走着去，不太远。"

虽然地理不能算是我的强项，但我敢说从这里开车到圣艾本街至少要两个半小时。也许尼克说得对，这里真的是植物店。

"当然，"我说，"我一放学就去。"

"你真是个乖孩子。"说完，她伸手在我头上轻轻摸了一下，"真帅，"她摸着我的头发喃喃地说，"真帅啊。"

我往后退。"我不好看，"我说，"我的头发。"接着，我告诉她同学之前叫我"小鸡"的事。

"你可不像小鸡。"她接着又说，"帮我把包拿过来。"

艾迪丝的包挤在椅子边上，三角形的巫婆包，黑色的皮革已经开始褪色。我把包从椅子边抽出来递给她。她从散发着霉味的包里掏出一面镜子。

"现在，"她用长满老人斑的手背抹了抹镜子，对我说，"你看到了什么？"

她把镜子拿到自己面前，我往镜子里看，只看到一个满头白发、像鬼一样的老妖怪，黑色的眉毛十分诡异，脸上好像爬满了一百万条皱纹。

"说啊，"她催促我，"说啊。"

"我看到一位女士。"

"才怪。"

"是一个老……嗯，老太太。"

"骗人，"她说，"跟我说你看到了什么。"

但我就是说不出来。

她说了："你看到一个老妖怪，一个满脸皱纹的老妖怪，对不对？"

"是吧。"

"我也是。"说完她放下镜子,"我每次看都会吓一跳。你晓得,我以为我还能看到我二十岁还是少女的样子,头发和皮肤都像你这样。但我每次照镜子,都只看到一个老妖怪。"她轻轻地笑着说。

"没错。"

"所以你答应我会去机会之屋咯?"

我不知道她的"所以"是从哪儿来的,因为我实在是没看出这个因果关系。但我还是像个伤心人一样点了点头。

"好,谢谢你。"

"你们聊得还好吗?"凯瑟琳走到我们身边问道。

"嗯,非常好。"

"好。"凯瑟琳刚要走开,艾伯特突然开始唱歌。

"小兔快跑,小兔快跑,快快跑。"

"停,"艾迪丝说,"别唱了!"

"农夫有枪不要怕!"马薇丝大声唱。

"帅呆了。"尼克说。

"他只好……"艾伯特抑扬顿挫地唱,"与兔肉馅饼擦肩而过……"

"不要唱了,"艾迪丝说,"不要再唱了,我命令你们全都停下来。"

"老可怜。"艾伯特嘀咕道。

"跑啊，"尼克在旁边煽风点火，"小兔快跑……"

艾迪丝站了起来，她个子很高，她伸手去拿拐杖的一瞬间我还以为她想打人，但她只不过是想走开而已。

"跑啊，"艾伯特对着艾迪丝僵硬佝偻的背继续唱，"小兔快跑。"

我跟着艾迪丝走到走廊，感觉她走的每一步都很痛苦。

"需要我帮忙吗？"

"不用，"她说，"不用。你走开，不要管我。"

"别在意，"护士长说，"她这么说没别的意思。"

然而，就在艾迪丝关上她房门的那一刻，我突然有一种恐怖的感觉，我觉得她这么说不是无意的。正好相反，她是刻意这么说的。

3

我没去机会之屋，起码不是一放学就去，但我发现自己竟然很想去。回家的路上，我都走到葛兰特利街了,心里还是一直想。我应该去，为什么不去呢？我会这么想，不是因为我答应了那个怪老太婆，而是我觉得那间房子就在不远的地方等着我。

葛兰特利街很窄，两旁都是房子，我家的前门正对着人行道，后院对着小巷子。没面对狗腿路算是运气好，因为狗腿路有时很可怕。这件事我以后再说。

我家的后门是三公尺高的木头栅栏，上面像疯了一样插了一排钉子。这是我妈两年前自己钉的，钉子头已经开始生锈了。我在门锁上东摸西弄，弄弄门闩和链条，进门之后，我把花园里一块松掉的砖块挪开，拿到屋子的钥匙。没多久,我就进到了厨房。

"我看到你啦！"我大声说。

我真想闭上嘴。在厨房里又能遇到谁,尼克？小偷？还是爸爸?但这已经变成习惯,成了例行公事,甚至是一首自我保护的颂歌,让我抢战先机,证明我不可能被吓到、被人家占便宜。问题是,我每个房间都必须喊一次。

他们说这叫强迫症,还是疯癫症什么的。我记得在报纸上读过,有些病人会反复洗手,只要手一干,就会冲到洗手池边,洗呀洗呀,不停地洗,洗到手出血为止。这样看来,我的症状算是轻微的,跟正常人差不多。

总而言之,我回家了。我很想说我拿了巧克力饼干之后,就上楼窝在电脑前面。我是拿了饼干没错,但我没有电脑可碰,只能帮模型上色。尼克来我家的时候,叫我"可怜虫"。我没有说家里没钱买电脑,而是说我比较喜欢帮士兵模型上色。事实如此。那是在狗腿路发生葡萄事件之后没多久。我什么都没跟我妈说。但她不笨,她发现我都不走狗腿路,虽然那是离学校最近的路。于是有一天下午,她问我:

"有人找你麻烦吗?"

"没有。"

"有人欺负你吗?"

"没有。"

"你想请谁来家里喝茶吗?"

"不想!"

"如果有人找你麻烦,"她说,"你可以试着跟他做朋友。问他的意见,让他帮你,或者请他到家里来,有时候还蛮有用的。"

"好吧。"

为什么大人们管别人的事都很在行,自己的事却弄得乱七八糟?啪啪啪,那是爸爸在阳台打妈妈。好吧,其实是甩她巴掌,或是打肩膀,反正我也不是很想看。我已经听够了。总之,我没发现隔天早上妈妈又试着和爸爸做朋友。

后来呢?尼克真的来我家了,我完全没想到他会答应。我花了三个星期才孵出足够的勇气问他,还不是开口问,而是把日期和时间写下来,像传纸条一样偷偷递给他。我以为他一定会笑出来,没想到他只是看着我说:"好啊,去就去。"当然,妈妈本来要在家陪我们,没想到一辆重型卡车竟然在高速公路上断成两截,还连撞了六辆车。全萨塞克斯郡的医护人员都被叫去参加急救,我妈也不例外。所以,我和尼克回到家,只看到餐桌上的一张字条和烤箱里的意大利千层面。尼克不喜欢千层面。

"没电脑又没吃的,"尼克说,"还没爹没娘。"

我从未想过会拿小铅兵给尼克看。这东西是我爸的,他小时候爷爷到伦敦出差,偶尔会带他去,这些玩意儿就是他用零花钱在伦敦史隆街一家店买的。小铅兵做工非常精细,还不到大拇指的一半高,从刺枪尖、绑腿扣到船形帽上的徽章全都清晰可见。我爸一个一个帮它们上色：1945年卡洛登之役捐躯的苏格兰高地反抗军、在七年战争中力抗英国沃尔夫将军的法国军官、身中刺刀双膝跪地的近卫士兵和小鼓手，全都上了高级釉彩，银带扣、长统袜和黑色苏格兰皮袋流苏，上色都很完美、细致，证明我爸的手虽然又大又丑，却灵巧至极。

说真的，我没想过要拿小铅兵给尼克看。我八岁生日那天，爸爸把它们送给我当礼物，每个我都用纸巾包好，收在锡质的饼干罐里。我本来想拿给尼克看的，是小一点儿、没那么精致的塑料模型——美国独立战争的士兵。那也是我爸的，包括骑兵、炮兵和步兵。虽然爸爸给它们上过色，但没有上全，留下不少蓝蓝灰灰的部分让我自己动手。从那时起，我就不时地拿起貂毛画笔和颜料，吃力地涂涂画画。

那天下午塑料模型就摆在我桌上，有马、骑兵、枪炮架、步兵……每个看起来都很诱人。当然还有颜料和画笔。我知道这么做很冒险，但我现在不就在做了吗：冒险。

尼克巡视了一下房间，问："那个锡罐子里头是什么？"

锡罐。我刚刚偷瞄过它吗？不然他怎么会发现？我怎么没把它收起来，藏在床底下或是妈妈的房间里？

"什么锡罐？"

"那个。"

现在回想起来,想到他打开锡罐,我的背脊还是一阵发凉。尼克伸手握住紧闭、有些生锈的盖子,我只能愣在原地,看他打开盖子往里头看。纸巾已经变色、碎掉了。

"罗大呆,里面是什么?"

说着他从罐子里拿出一个苏格兰高地士兵,红外套、绿格子裙、胸前被刺刀戳穿、两脚像跑步似的踢动着。

"哇,"尼克看着涂色精巧的长统袜说,"这是你做的吗?"

"不是,是我爸。"

"真不错。"说完他把士兵放到桌上,轻轻地左转右转审视着,口中发出赞叹,"太棒了。"

他把每个铅兵都拿出来,拆掉纸巾,用同样的眼光细细端详着,问我各种关于士兵制服的问题。

两小时后,我妈回来了。我们两个还坐在桌子前,手里拿着画笔忙着上色。烤箱里的千层面已经全部烤焦了,但我们手中却诞生了十五匹栗色的小马。尼克还画上了泥土和绿草,甚至还画了花。

妈妈笑得合不拢嘴。但她恐怕高兴得太早了,因为在学校,什么事都没有改变,以至于让我有种错觉,以为尼克从来没到过我们家。但我有时候会想到我爸,想到他那双大手,想他怎么可能画好那些士兵。但他真的做到了。

所以,这会儿我又坐在桌子前面,身上满是松节油味,心里想着尼克,以此来掩盖心中那个真正的念头:机会之屋。

你们应该都知道心里有事的那种感觉吧？虽然你千方百计拒绝,想把它从又黑又远的角落甩掉,它却像发了疯的狗一样,不断跑回来黏着你？嗯,你看,机会之屋,它又回来了。

你可以走着去,不太远。

我其实根本没在上色,只是胡乱挥舞着画笔,然后下楼去拿妈妈的地图册。她看到我的时候,我正趴在英国上面,手里还拿着一条细绳。

"明天要上地理课？"妈妈的问题还是那么实际。

"嗯。"

"老师要你们查什么？"

"从这里到圣艾本街有多远。妈,你知道多远吗？"

"绳子在你手上呢。"

"也对,好吧。一百四十五公里。我们可以去那里吗？"

"为什么？"

她坐下来把鞋子甩掉,把双脚放在小软垫上。

"一天来回有点儿远。"她说。我妈个头儿小,脸也小,一头金发也很稀疏。她看起来累坏了。

"想喝茶吗？"

"罗伯特,你真乖。"

虽然只是用茶包泡的茶,但她却好像喝到沙漠甘泉一样。

"我真的很想去圣艾本街,我觉得我非去不可。"

她闭上眼睛。

"我们可以去吗?"

"嗯。"她说着就睡着了。

我到厨房为自己弄了一个三明治,然后又回到桌前。

"其实不远。"我仿佛听到了艾迪丝在大吼大叫。

于是,我决定设下梦境闹钟。严格来讲,梦境闹钟并不科学,但对我时常奏效。我只要心里想着困扰我的事,然后把闹钟设成半夜三点。我试过很多时间,效果最好就是三点,三点左右的梦境通常最精彩。这时只要闹钟一响,我就会起床开始狂写,尽可能把梦像日记一样记下来,连最蠢、最不合情理的都不漏掉。但到早上,事情就完全不一样了。有一两次我早上醒来,心里冒出清清楚楚的答案,虽然往往跟晚上我胡乱记下来的东西没什么关联,但却像宝石一样在我的枕边闪闪发亮。当然,不是每回都这么好运,我常常得回头去读前一晚写的东西,读上好几遍,直到心里突然冒出一个字、一种颜色、一个句子或一条线索之类的。虽然我还是希望答案能自己蹦出来,但这回我有预感,机会之屋不会这么简单。

以前我只要设上梦境闹钟，夜晚就会变得漫长难耐，但今晚没有，才一眨眼就到睡觉时间了。我躺在床上，闭上眼睛，从脚开始放松身体。当四肢沉重得像是要把床垫都压瘪的时候，我开始想事情，这一次是机会之屋。但我不会引导自己的思绪，保持放松、漫无目的的效果比较好。只要出现影像我就去跟，但不会刻意追逐，让它们可以自由发展。通常需要一点儿时间才会出现模糊、流动的影像。但这次，机会之屋马上就出现了，在我的想象世界里，清晰而雄伟。那是一座乳白色的砖造建筑，脏兮兮的，像个庞然大物。沿着宽大的水泥台阶来到一扇禁忌之门，门把手是金属圆环，绞成绳索的式样。我想象着自己走上台阶，双手抓住门把，勇敢地闯进艾迪丝的过去和我的未来……

但梦境并非如此。我走上了台阶，但手刚一碰到门把，突然一道闪光和砰然巨响，屋子消失了。起码我是这样觉得。过了一会儿，我站在黑暗之中，心里突然觉得或许消失的不是屋子，而是我自己。

4

我醒来有意识的第一件事,就是妈妈摇我肩膀。

"罗伯特。"她柔声喊我。

我马上切换到动作模式,没出三秒钟我已经整个人坐直身子,手里拿着铅笔。

"房间,"我记下自己的梦,"小、舒服、温暖,就像我的房间。"

"罗伯特?"

"人物:我、妈妈。气氛:平日、正常。颜色:浅而亮,有晨光。"

妈妈站起身来,把窗帘拉开。外面很亮,已经是早上了。

我伸手去抓闹钟。集中精神,再集中。

"你把闹钟设在三点,"妈妈说,"真是个小笨蛋。"她笑着摸摸我的头。

"什么?!"

"还好我发现了,对吧?"妈妈说。

我倒在床上,她竟然重设闹钟?她竟然重设闹钟!我真是不敢相信,我拉起被子,整个人缩进被窝里。

"起床啦。"她说,"已经七点半了。"

说完她就离开了。

我呻吟,掉眼泪,猛捶床垫,然后起床更衣。

"我今天上晚班。"吃早餐的时候,妈妈说,"你要我陪你上学吗?"

"不用了,谢谢。"尼克说只有小女生和废物才会要人陪着上学。

妈妈看着我吃了涂有草莓果酱的面包,把图书馆借来的书和球鞋放进书包,然后看了看时间。

"时间还早。"她说。

现在八点四十,从家里到学校如果走狗腿路的话只要五分钟。"我今天要早点到。"我说,"我要用电脑。"其实毕多夫老师要九点半之后才会来,在那之前,电脑室严实得就像诺克斯堡①。不过,我妈不晓得这件事。

"我会给你买一台电脑,"她说,"等我存够钱。"

"我不是那个意思。"

---

①美国高度戒备的军事训练基地。

"亲爱的,我知道你不是。"

"妈……"

"什么事?"

"没事。"

我轻轻在她脸上啄了一下,就打开后门出去了。我关上后院的栅门,跟她挥挥手,转身假装要往狗腿路的方向走。

只有本地人才叫它狗腿路。它的原名叫捷径路,因为它真的是一条捷径,是雷恩路和史丹霍普路之间的之字形小径。有人说之所以会叫它狗腿路,是因为它的形状看起来像狗的后腿。这样的话,那只狗一定很畸形。

这条路上有两盏路灯,浅绿色的老式灯柱上爬满了刻纹,六角形的灯闪闪烁烁发出薄雾似的微光。路灯下方水平伸出一根绿色刻纹的金属杆,看起来甚至可以挂衣服。如果你想爬路灯,这里就是个坐下来的好地方。尼克就坐在那里,他爬路灯就像蜘蛛一样敏捷。

第一次走狗腿路的时候,我没看到他,其实他就在我前面。我想可能因为我的视线高度只有一米五,而他又高了一米五的缘故吧。所以第一颗苹果掉下来的时候,我以为只是"罗大呆"走霉运,因为狗腿路上第一个转弯处正好有一棵苹果树。我从来没想到苹果也可以当武器,我觉得苹果只是水果,根据万有引力定律,水果偶尔也会从树上掉下来砸到人。所以,直到第二颗苹果落下来,不但软软烂烂的,还砸中了我的脑袋,我才想到往上看。尼克丢东西还真准,我好像又被他丢了四颗苹果才走到转角。我用棍子把外套上黏糊糊的东西弄掉,心里想着自己怎么没还手。不过反正我也丢不准。

于是,第二次走到狗腿路,我马上就抬头看路灯,但尼克这回却躲在第二盏路灯上,要转两个弯才看得到。这盏路灯旁边没有苹果树,所以尼克就自己准备了一袋。他戴着手套,掏出一堆松松软软咖啡色的东西朝我后脑勺丢,我起先还以为是泥巴,直到吸了一口气才发现那是什么。到了学校,我把头发洗干净,但那股味道却阴魂不散。

"罗大呆,"下课的时候,尼克说,"没有人告诉你你好臭吗?"他坐在操场的墙头上,旁边是凯特,她正在吃奶酪棒。"你应该去洗澡。"说完,尼克从墙上跳下来,踏进水洼里,溅湿了我的衣服。不过,他的衣服也湿了。

"笨蛋。"凯特说着笑出了声。

那天一回到家,我就把衣服脱掉塞在脏衣篮的最底下,没想到妈妈的鼻子跟狗一样灵。

"出了什么事?"她问。

"我摔倒了。"

"往后摔？"

"对。"

"结果压到狗大便？"

"嗯。"

"罗伯特？"

"真的,妈,我真的往后摔,然后压到狗屎。你知道,这种事不是不可能。"

洗澡的时候,我边洗边想凯特说的"笨蛋"是什么意思,是指谁？我最后认定她说的是尼克,所以我还是继续走狗腿路,直到发生葡萄事件。

我没说我不怕,因为狗腿路本来就阴森森的。我妈说,那满墙的涂鸦才是支撑住墙的功臣,比水泥都管用。街坊邻居越是用木焦油把后门的喷漆抹掉,涂鸦就越复杂。除此之外,路上还有碎玻璃和尿臊味。虽然狗腿路很普通,就跟一般水泥路没什么两样,但走路会有回声,感觉好像有人跟在你后面或朝你走过来。不过,狗腿路应该安全,每天有那么多人在走：遛狗的、购物的,去买三明治的上班族,都是些平凡人做平凡事。所以,说不定会怕的人只有我一个。

苹果事件发生在秋天,之后尼克沉寂了一阵,直到第二年夏天才想出葡萄计划。那一年,班上来了两名新同学,强和博基,绰号小强和小鸡,也都遭到尼克的毒手,所以遭殃的不止我一个,小强只待了一个学期就走人了。

现在我不想说这件事,只想解释为什么我今天会往南走。我有七条路可以选,这是其中一条。我都是临时决定要走哪一条,因为尼克还是经常在路上逮到我,我觉得他不是有心电感应,就是在我脑袋里植入了什么芯片。所以我想,只要我不知道自己要往哪儿走,他也不会知道。我越晚决定往哪边走,他就越没时间抢先一步堵在前面。你可以说我是妄想狂,但是曾经跟小强和小鸡一起走过狗腿路的人,想要不妄想也难。

我锁上后门的时候,才决定要走哪条路。咔嗒,我要往海边走,咔嗒,我要经过图书馆。我喜欢海,尤其是冬天。偶尔浪大,海会把小石子冲到人行道上,走起来就好像踩在拳头上一样。

今天我选海边,但没走到人行道,只沿大路走了一段就回头了,中间停下来看了一会儿海浪。往北走哪条路都行,欧坎路、树林路或圣奥宾街都会通到煤气厂,那里离学校只有几百米。这回,我选圣奥宾街。这条路很宽、很丑,两旁是巨大的四层楼房,绝大多数都改成了旅舍。其中一间叫灰姑娘客栈,宴会厅一般的台阶通向大大的前门。我照例瞄了一眼,看有没有玻璃鞋,目光却被隔壁房子吸引住了。这座巨大的房子方方正正,半荒废的感觉,阴森森的。前门被铁条封死,上方的玻璃用金色油漆写了几个大字:机会之屋,圣奥宾街二十六号。

我看着那几个字,又看了一次。我闭上眼睛,原地转了一圈再睁开眼睛,那几个字还在。这条街我走了不下一百次,字其实都在。

你可以走着去,不太远。

我当然知道这就是艾迪丝说的那座房子,因为它跟我想得一模一样。我昨晚睡觉前看到的就是这里。我知道它就在这儿,但可能从没意识到这一点,所以才以为艾迪丝说的是"圣艾本街",虽然她说得清清楚楚是"圣奥宾街"。

你们是不是也有过这种矛盾的感觉?我称之为车祸经验:你不想看,却忍不住去看,即使知道自己会被吓到,还是想看。嗯,机会之屋就是我的车祸经验。我虽然努力克制,但那种感觉就是挥之不去。更糟的是,我非进去不可,虽然我身上的每根神经都在召唤我离开。

有两个好消息。一是我得在十分钟内赶到学校,二是机会之屋被封死了。一楼所有的窗户都加了不锈钢铁窗,根本进不去,前门也用不锈钢条封死。虽然二楼窗户没有铁窗,但够得着的地方起码离我有六米高。当然,后院可能不一样。我看看街道,没有人注意我。我从房子旁边的暗处闪进去,侧墙有一道小门,门已经变形膨胀,爬满了荆棘,门框也腐蚀了。

我慢慢绕到房子后面,好像害怕转角有什么似的,说不定有人躺在我看不到的地方等我。我往前走,心跳得非常厉害,但我现在不能后退,我已经走到房子的边上,只要再往前一步,我就转……

花园杂草蔓生,空荡荡的,长长的草上点缀着蒲公英、风信子和一只碎掉的白葡萄酒瓶。阳光异常温暖,我试着调整呼吸。第一道窗户有铁窗,第二道也有,看样子我是不可能进到房子里了。

突然,我看到面向花园有一道门,铁条摇摇欲坠,悬垂在墙上像剥落的壁纸。我不知道是谁移动着我的脚,不由自主地朝门边走去,脚步越来越快,经过脏兮兮的超市塑料袋、长长的晾衣绳和光秃秃的草地。如果门是开着的,就表示一定有人在,也许是非法住户、流浪汉或吸毒的,谁晓得?我的心跳再度加速,怦怦怦,像打鼓一样。我要对他们说什么?说一个疯老太婆要我来的?还是应该像电影里演的,贴着墙偷偷前进才对。可是我没有。我像中了枪的人,虽然步履蹒跚,却还勇往直前。我听到一声尖叫,还以为是我自己,结果是一只海鸥从我头上飞过。

我像个机器人一样继续,但呼吸却出了问题。我好像忘记该怎么呼吸了,只好自己教自己,呼、吸、呼、吸。我走到门边。吸气。

房间都被搬空了,没有橱柜,只剩架子,根据灰尘的形状来看,这里之前应该有个锅子;水管上面应该接水槽,但已经不见了;其他就是乱七八糟、东一截西一截的电线;地板上到处都是纸、信封和碎砖头。

房间另一头有一道玻璃门,应该可以通到其他房间。我回头看了一眼,继续往前走。门是关着的,但没有上锁,有人在门脚放了一块砖头,免得门被吹开。我再次左右张望了一眼,就往门边走,才走没两步,就听到咔嗒声。声音很规律、很蓄意,把我吓死了。通常你偷看别人,希望对方知道你在偷看但又看不到你的时候,就会发出这种声音。

咔嗒,沉默,咔嗒。

声音是从右边来的,从水槽上方那个小窗户外面。窗户几乎不透明,屋外树丛的影子加上铁窗让窗户变得很暗。

咔嗒,沉默,咔嗒。

我看到手指头了,还有关节——看起来已经变形了。不过,也有可能只是毛玻璃折射出的光影效果。我的心跳像擂鼓一样,咚咚咚响。但我不能惊慌,绝对不能惊慌。

我还是慌了。

我从房间跳进花园。

我大声尖叫:"我看到你啦!"

一棵冬青树的树枝敲打着厨房的玻璃,咔嗒,风吹一次就敲一下。

我松了口气,忍不住哭了出来,大颗大颗的泪珠傻傻地顺着脸颊流下来。笨蛋罗大呆,胆小鬼罗大呆。还好尼克不在这里,凯特也不在。

我回到玻璃门边,打开门大步向前,踢开挡路的砖块,穿过狭长的走廊。突然,我想到砖块,要是有人看到砖块位置变了,就会知道有人来过。于是我走回厨房,把砖块留在门内一侧,这样就算有人从花园进来,推门的时候一定会动到砖块,我就会听到。

我看了看表。差六分九点,我真得赶去学校了,绝对不能迟到,现在就得闪人。走廊的壁脚板已经被拆掉了,露出墙底和地板间的缝隙,我隐约看见地下室的模样。空荡荡的黑暗里看得出花盆、灯座、灯罩、桌子、档案柜、水槽和一个很像瓷器的旧玩意儿。除此之外,还听得到水声,像喷泉一样,或是水龙头开到最大的声音。说不定是蓄水池,还是浴缸在放水,或是……

砰!

是砖块。砖块动了!我猛地一转身,一脚踩在地板上的洞里,摔了一跤。我跌跌撞撞地站起来,眼睛一直盯着那扇摇晃的门。没有人,没有人!怎么可能没有人!我不是容易激动的人,但这会儿却冲出玻璃门,蹦跳着穿过厨房,快步来到花园,拼命跑,拼命跑,经过花圃、晾衣绳、干枯的土地和碎玻璃,跑过房子的转角、变形的前门,机会之屋的围墙,回到安全的圣奥宾街,整个人瘫倒在人行道上。

"小兔快跑,小兔快跑,"一个熟悉的声音在我头顶上轻轻哼着,"农夫有枪不要怕。"

我抬头,只见两只脚在我头顶上晃荡。

"嗨,罗大呆。"尼克说。

他从墙上一跃而下。

"你要小心点。"他假装拍掉裤子上的灰尘,说,"机会之屋可不是个好地方。"说完他微微一笑。

"什么?"

"不是个好地方,罗大呆。坏地方,厄运。"

他看我一脸茫然,便说:"你不知道吧?镇上每个人都知道,只有你不晓得。"说完他转身朝学校走去。

"尼克……"

他停下来,"怎样,罗大呆?"

"告诉我。"

"求我,求求我,罗大呆。"

"求求你。"

他看着我，脸上写满同情，"有个男孩死在那里，罗大呆。"

"什么男孩？谁？"

"就是个男孩，苍白的小家伙，毛茸茸的头发，皮肤很白，满脸雀斑，说实在的，有点儿像你。他妈妈宠他宠得要命，说他好棒、好厉害，还会飞。你猜那孩子怎么了？打开顶楼窗户往外跳，结果就是满地恐怖的东西。"

"顶楼？机会之屋的顶楼？你确定吗？"

"你没事吧，罗大呆？"

"尼克，你确定吗？"

"罗大呆，窗户越高，草莓酱越多。这个男孩就摔出了一堆草莓酱，绝对是从顶楼跳下来的。"说着他咧嘴笑了，"走吧，小兔子，你上学快迟到了，最好跑快点，嗯？"

我还是坐在人行道上。

"随你便。"说完他就转身离开了。

我看着他大摇大摆离去的背影，实在不想承认这是真的。他这么说只是想吓我。然而，我知道真正让我害怕的，其实是机会之屋。你知道，那里闻起来就像狗腿路一样，充满了恐怖的味道。

5

我来跟你们聊聊凯特吧。她很瘦,小小的脸蛋儿尖下巴,鼻梁上长着雀斑。浅褐色的头发很直,总是剪得很短,留着刘海儿。她的眼睛是黄褐色的,笑起来的时候右边脸颊会有一个浅浅的酒窝。尼克说她长得像猫。可在我心中,她就是天使。

我花了两个学期才鼓起勇气邀她到我家玩。我选择星期五,因为我知道那一天她通常有空。她两次去尼克家都是星期五。

"谢谢你邀请我,罗伯特。"她说,"但是没办法,我很忙。"说完她对我微笑,我看着她的酒窝出现又消失。

"好吧,"我说,"下次吧。"

"没问题。"

但我再也没有问她。人家说很忙,你不晓得她是真的忙,还是没空搭理你。我想再问一次应该就会知道,但也许我并不想知道。再说,我表示得很清楚,她随时有机会来,只要她开口。但她从来没有。

所以，当我们第二次坐迷你巴士去赡养院时，凯特竟然选择坐在我旁边，你可以想象我心里是什么感觉。严格说来，她也没什么选择余地，因为她迟到了，只剩两个位子可以挑，一个是实习老师莉兹小姐旁边，位子有点儿湿；一个就是我旁边，位子在车轮上方，脚没有地方放，莉兹小姐那里可是前座，可以看风景。如果凯特只是想找个位子坐，莉兹小姐那边比较近又比较舒服。所以，她把包包丢在我脚上，肯定代表什么。

"嗨。"我说。

"嗨。"她回答。

我曾经对凯特用过梦境闹钟。我躺在床上，心想要怎样才能看到那个带着酒窝的笑脸。凌晨三点，我梦到一个男孩朝湖中央丢石头，他每丢一块，湖面上就出现酒窝一样的涟漪，不断向外扩散。但那个男孩不是我。之后我再也没试过。

咳，谁在意过去啊？现在，凯特就坐在我身边。到赡养院的车程是十分钟，我花了两分钟想开口，话却像卡在喉咙里似的。我想跟她说：凯特，有没有人说过你很漂亮？不过，就连我这么蠢的人都知道这么说很白痴，我可不想让自己在她的眼中从小虫子变成单细胞生物。所以，四分钟之后（凯特在看书），我说："你知道机会之屋吗？"

"什么？"

"机会之屋,圣奥宾街二十六号。"这么说不算太离谱,因为凯特家在橡树街,离圣奥宾街只有两条街,"就是那间被封死的房子。"

"不知道。"说完凯特又继续低头看书。

"恐怖恐怖,刺激刺激。"韦斯利从椅背上方冒出头来,"男孩死在鬼屋里,罗大呆没机会,"他看着凯特说,"罗大呆没机会。"

"哦,那里啊。"凯特说。

"跟你一样年纪的小男孩哟,罗大呆。"韦斯利说。

"那也跟你一样大啊,韦斯利。"凯特迅速回了一句。

"恐怖恐怖,拜拜拜拜,恐怖哟!"韦斯利的头消失了。

"你知道那里?"

"也算不上。"凯特说,"顶多跟其他人知道得差不多。听说有个男孩死在那里,从此之后那间房子就开始走霉运,不断换主人。"

"那个男孩是谁?"

"我不知道,那是很久以前的事了。"

"多久以前?"

"三十年,四十年,我不知道。话说回来,你为什么那么感兴趣？"

"和我同组的老人,艾迪丝·索瑞尔,她住过那里。"

"那你为什么不问她？"

"嗯,也许我会问。"

我当然没问,你能想象去问她的后果吗？

我说:"嗯,嗨,艾迪丝小姐,您能给我讲讲死在您房子里的小男孩吗？就是那个从顶楼跳下来的小男孩,弄了满地草莓酱的那个。"

她用那种巫婆似的好像能穿透我的眼神盯着我:"不行。"

就这样。但故事还没完。艾迪丝小姐拾起顶端镶银的象牙拐杖,在地板上敲了三下,砰!我就变成青蛙了。真是完美的结局,最后的可怜虫永远是……

"罗伯特,罗伯特!"

巴士已经停住,几乎所有人都下车了。

"罗伯特·诺贝尔,你真会做白日梦。"莉兹小姐朝我挥挥手,看起来很有活力。

我拎起背包,跟随其他人走进赡养院的休息室。凯瑟琳今天先到一步,她已经架好桌子,把纸、颜料、铅笔、剪刀、杂志和胶水都摆好了。她还铺了报纸免得弄脏地毯,报纸已经被轮椅弄得皱巴巴的了。

"嗨，"她说，"请进。大家找到自己同组的老人，然后坐好。"

房间里响起一片窸窸窣窣的问候声。

"午安，艾伯特先生。"凯特说。

"嗨。"艾伯特说。

"杜西，你好吗？"韦斯利说。

"什么？"杜西说。

"嗨。"尼克说着拍了拍马薇丝太太瘦巴巴的肩膀。

"快说，"马薇丝说，"别让我猜。"

"是我。"尼克说，"就是我，尼克。"

"坐吧，各位。"凯瑟琳兴奋地说，"每个人都和自己同组的老人一起坐好。"

可艾迪丝不在房间里，我只好一个人站着。

"坐啊，罗伯特，你叫罗伯特对吧？"

我坐了下来。

尼克坐在我后面，嘴里轻轻哼着：嘟、嘟哒嘟、嘟哒嘟哒嘟哒嘟。是葬礼进行曲。"别担心，罗大呆。"他轻声说，"这肯定不是你的错。"嘟、嘟哒嘟……

"请大家安静，嗯，我想今天我们该开始动手做事了。"凯瑟琳说，"把上星期学到的智慧画出来。你们来之前，我和艾伯特聊过，他提到道路……"

"地狱之路。"马薇丝粗声说。

"没错。"尼克说。

"嗯,"凯瑟琳说,"我想,艾伯特说的应该是智慧之路,用具体的形象来表现。我觉得这个主意很好,因为道路会给我们指明方向。我们可以用道路开头,想象一块铺路的石头,上面刻了智慧的话语,或是四周长了什么东西……这里的材料你们可以随意使用,然后……"

所有人开始往桌边靠,我趁着大家吵吵闹闹、一片混乱的时候溜到走廊。艾迪丝的房间位置我记得很清楚:右手边第三间。我轻轻敲门,怕她可能在睡觉。没有人应门。我悄悄把门打开。房间非常小,只有床、椅子、衣柜、洗脸池和床头柜,除了牙刷、毛巾和肥皂之外,没有其他私人物品。没有相片,没有瓷器,没有小饰品,甚至连书都没有。

艾迪丝在睡觉,呼吸轻微而平稳。床尾的一张椅子上坐了个男人。

男人站了起来,似乎被我吓着了。他个子很高,头发花白。虽然屋里很暖和,他却穿着黑色长大衣。我觉得他有些奇怪,有种光彩,让我想到乌鸦,羽冠乌鸦。他盯着我看,好像我欠他一个解释,于是我说:

"嗨,我是罗伯特,参加计划的孩子。"

"恩尼斯，"男人语气急躁地说，"我叫恩尼斯·索瑞尔。"

"噢，"我说，"那你一定是她弟弟。"

"不，"他瞪着我说，"我是他先生。"

我试着不动声色，但之前艾迪丝明明和我说她没有先生，所以实在很难。

"她显然没提到我，是吧？"他笑了，可能是苦笑。接着他又坐回椅子上，外套覆着他的双腿。

"她会跟我提的，"我不安地说，"我是说，如果我们聊到的话，她一定会跟我提。可惜我们没有聊到那里，只谈到跟计划有关的事。"

"什么计划？"

"艺术计划。关于你们的生活和我们的生活。"

"啊？"

"两者之间的相同点与不同点。"

他没有回话。

"故事。"我继续说。我干吗不闪人，干吗不离开？他显然一点儿兴趣也没有，那我两只脚干吗还黏在地上？"智慧的故事，你知道。"

"原来如此。"

"她提到机会之屋。"

"什么?!"他原本疏离的语气突然消失了,取而代之的是大吃一惊,"她提到机会之屋?"

我点头。

"噢,"他转身对着她,"艾迪丝。"他伸出手,似乎要碰她,但手却在半空中停了下来。

"她说了什么?"他问我。

"只是提到而已。"

"不可能。"他猛烈地摇头,"艾迪丝不可能'只是提到'机会之屋。她已经有三十多年没办法开口说那几个字了。"

我耸耸肩膀。他看起来不像那种可以跟他争辩的人。

"正确说来,是三十四年又三个月。"

"我该走了。"

"不,别走……"接着他又说,"拜托了。"

他的绝望来得既突然又惊惶。

"我必须知道她到底说了什么。你必须一字不漏地告诉我。"

此时的他变得十分脆弱,起码在我看来是如此。仿佛他的黑色长大衣下面裹着一片虚无,我只要吹口气,他就会土崩瓦解,消失无踪。所以我只好拼命回想,尽可能精确地重述当时的对话。

"我问她生命里最重要的事物是什么。这是计划要求的一部分……"

"嗯,然后……"

"然后她毫不犹豫地说出了机会之屋。"

"就这样?"

"没有。她说的是圣奥宾街二十六号,机会之屋顶楼。"

"她看起来有没有……"他顿了一下说,"很激动?很焦躁?"

"没有。她语气很正常,感觉好像她就住在那里。"

"没有,我们没住过那里。"

"什么?"

"我们从来没住过机会之屋。"他低声笑着说,笑声显得十分哀伤,"从来没'住过'。"

"我该走了,他们会找我的。"

恩尼斯站起来:"她还说了什么吗?我必须知道。"

"没有。"

又是那种眼神——要求中带着渴望。

"好吧,她要我去那里。"

"去机会之屋?"

"对。"

"罗伯特,你几岁?"

"十二岁,快十三岁了。"

"跟他一样，"恩尼斯说，"身高也差不多。"

"跟谁一样？跟谁差不多高？"

"罗伯特，"他把手放在我的臂膀上，"请你千万不要到那间屋子去。"

"可她要我去啊，"我突然坚持起来，"而且我答应她了。"

"艾迪丝生病了，病了很久很久，但现在情况不一样。她病得很重，罗伯特。她很可能……我不希望她再受伤，也不希望她伤人。你懂吗？"

他的手看起来像爪子一样。"她说她没有先生。"我说。

他放开我。"嗯，她可能也说自己没有儿子。"

他从我脸上看出我在想什么。"罗伯特，我们都记得一些事情，也会忘掉一些。你知道，记忆是有选择性的。"

床上的艾迪丝动了一下，这下轮到恩尼斯紧张了，他急忙说："再见，罗伯特。"

"你要走啦？"

他已经走到门边了。

"你要我告诉她你来过吗？"

我觉得他好像摇摇头，但我不很确定，因为他一下子就把门关上了。

艾迪丝醒了。

"罗伯特。"她说。躺在床上的她看起来没那么像老巫婆,一头银发乱七八糟,脸上的线条也十分柔和。她对我微笑,"是我的罗伯特,对吧?"

是她真的看起来不一样,还是恩尼斯刚刚说她病得不轻,让我开始用不一样的眼光看她?

"艾迪丝小姐,您好。"

艾迪丝坐直起来,她穿着浅粉色长睡衣,颈间有一团粉红丝带。

"抱歉擅闯进来,"我说,"只是按照计划,我们今天有功课要做,而且……"

"你去了吗?"她打断我的话,眉目间突然变得严厉起来。

我顿了一下,"算是吧。"

"然后呢?"她身子靠过来。

"屋子全都封住了。"

她依然黝黑的眉毛蹙在一起,"所以呢?"

"我进不去。"

她用那种"我知道你在搞什么把戏"的眼神看着我说:"只要你想做,什么都做得到。"

我还来不及说"但我真的想做吗?我真的想进到那间屋子里吗",她就已经说了:"把我的拐杖拿过来。"

我把银头象牙拐杖拿过来,她甩开棉被,双脚晃到床缘,拐杖砰的一声敲在地上。我连忙检查自己的脸和手,喉咙没有长鳞片,手指之间也没有长出蹼。

"我的晨衣!"

我从衣橱拿出粉红色的晨衣,她不让我帮她穿,自己将晨衣套在身上,怒气冲冲地猛力拉扯腰带,我只能眼睁睁看着。"好了!"最后她终于打了个结,露出胜利的笑容。

"我本来可以当歌星。"她大声说,好像我们正在争论这件事似的,"我嗓音很美,大家都这么说。他们告诉我:'你一定要好好儿发挥你的歌喉。'但他就是不让我唱,说唱歌不是女人家应该做的事。就算我可以到大学念书,也必须放弃唱歌。"她转过身,目光炯炯地看着我说,"但我还是去唱了。"

"做得对。"我说,然后问道,"谁不准你去?"

"你说什么?"

"谁不让你去唱歌?"

"当然是我先生恩尼斯。还会有谁?"

嗯,可想而知。"我记得你说你没有丈夫。"

"是没有,已经没有了。"

"噢,你离婚了。"恩尼斯的"爪子"再度变成温柔关爱的手掌,这让我想起父亲从远方打电话给我时的那种感觉。他想跟我说话,但听起来很假,很无奈。我想做点什么,却也无能为力。

"没错,我们离婚了,他离开我了。"

"但你们还会见面?"我试探地问道。

"当然没有。"

"他没有来找你吗?"

"他为什么要来?我已经三十年没见到他了。"

听她这么说,我想她一定是生病了,所以才会不记得,因为她不可能不知道恩尼斯刚刚就坐在床尾,看着她,而且……

"所以你会去?"她说。

"什么?"

"你会去机会之屋,去顶楼,顶楼的房间?"

"艾迪丝小姐,您想要那间屋子里的什么东西吗?"

"要什么?我要你去那里。"

"但是为什么?"

她突然一脸的困惑,"因为……"

"房子封住了,我刚刚跟您说过了,已经废弃了。"

"但你可以进去。"她带着一丝急切说道。

"是,您说得没错,确实进得去。"

"真的?"

"而且我真的进去了。但我很害怕,吓坏了,其实我连厨房都没走完。"

"罗伯特,"她伸出瘦骨嶙峋的手,紧紧扣住我的手,"你千万不要害怕,你是个很棒的男孩子,非比寻常的男孩子,你想做什么都做得到,罗伯特,连飞翔都难不倒你。"

我甩开她的手,"什么?"

"我说,你是会飞的男孩子。"她微笑着说,"所以为了我你会去,对吧?"

"不会,我才不要。"

"但你一定要去,我求求你。"

"艾迪丝小姐,那里到底有什么?您到底希望我去那里找什么?"

"找什么?"她脸上的困惑又回来了。她抿着嘴唇,试着集中精神,"我不知道。"

"您一定知道,这件事对您不是非常重要吗?"

"我不知道。"她冷冷地说,不让我回话,"我不记得了。"

大厅里的钟响了。钟响之后的寂静里,我听见凯瑟琳的声音从休息室传来。

"我们最后一起来唱首歌吧?"

休息室里一阵骚动,有人窃窃私语,有人清了清嗓子。接着,大家开始唱歌,先是几个粗哑的老人声音,由嗓音发颤的艾

伯特带头,接着是我班上的同学,他们嗓门儿虽大,音调却不准:

一个男人去割草,到草原上去割草……

"谁在唱歌?"艾迪丝问道。

……一个男人和一只狗,到草原上去割草……

合唱的人越来越多,歌声也越来越高昂洪亮。

"我不是叫他们闭嘴了吗?去叫他们不要唱了!"艾迪丝用拐杖敲地,砰砰砰,"去叫他们不要唱了,罗伯特!"

"您觉得很刺耳吗?"

"不是,很痛、很痛……我不晓得!我不记得了!"

说完她扔掉拐杖,双手捂着头。我以为艾迪丝是不想听,其实是她在啜泣,沉默哀痛的啜泣。我不知道该怎么安慰她,只好呆呆地站在那里。她哭得越来越厉害,哭个不停。最后我只好说:"好啦,好啦,我会去,如果对您这么重要,我会去。"

她抬起头。"你真是个乖孩子。"她说。

6

这阵子白天很暖和，夜里却很冷。我坐在空空的壁炉前，以前爸爸会在这里生火，我在他旁边学习，他会示范怎么卷报纸，怎么放火种。爸爸离开后，妈妈说生火太累了，清理起来也麻烦，她没有时间。所以，我只生过一次火，像爸爸教我的那样。我以为妈妈会很开心，结果她回家看到却气疯了。你怎么可以随便玩火柴！你知不知道自己可能会把房子烧掉？问题是她搞错了，火根本没生起来，我只弄出几颗火星就熄了，壁炉里只剩下烧焦的树枝。

我现在很想生火，或是看我爸生火。但这已经不可能了，不只是因为他住在一百公里以外的地方，没办法常常来看我，更因为他有了新的家庭。他的新太太有两个女儿，两人又生了一个宝宝刘易斯。他一岁生日的时候，我送他叠成像塔一样的量杯组，那是我用自己的零花钱买的。妈妈说，爸爸一定是因为有太多人的生日要记，才会偶尔忘记我的。爸爸最后一次送我礼物,是我八岁生日那天给我的士兵模型。我现在不会用它们交换任何东西,但当时我很失望,因为我想要一架飞机,可以飞的飞机,乘风翱翔。我一直想当飞行员,我有一次不小心说漏了嘴,被尼克知道了。

"他们才不会训练看不见的人开飞机呢!"他说着拨弄起我的眼镜来。

我问妈妈尼克说的是不是真的。

"我想他们的体检应该很严格吧。"她说。

我觉得她是说像我这样视力不好的人没机会学开飞机,所以我再也不提这件事了。但我还是会做梦,在梦里飞翔,不是驾驶飞机,而是伸开双臂在空中滑翔、俯冲,随着热气流上上下下,感觉好棒,充满力量。我醒着的时候从来不觉得自己有力量。醒着的我很虚弱,是大家的笑柄。

当然,艾迪丝的话在我耳边萦绕:"罗伯特,你是会飞的男孩子。"

当然,我也想到尼克说的,那个想从圣奥宾街二十六号顶楼飞起来,结果摔成草莓果酱的小男孩。虽然我知道这只是巧合,因为艾迪丝只是在做比喻,并不是真的认为我能腾空在她房里飞来飞去,而尼克只是在讲故事,但我就是忍不住把两件事连在一起。这也是我决定到机会之屋顶楼的原因之一,因为我觉得这件事和我有关,艾迪丝的故事就是我的故事。

"在想什么？"

"嗨,妈。"

她摸摸我的头,"你没听到我走进来,对吧？"

"没有。"

"你的想象世界一定非常精彩。"她说着坐了下来,"继续吧,你刚刚在想什么？"

"选择性记忆。"

"什么？"

"选择性记忆是什么？"

"选择性记忆就是我跟你说只要整理房间,我就给你一块巧克力饼干,结果你吃了饼干,却忘记整理房间。"

"不开玩笑,妈。"

"我没开玩笑,事实就是这样。选择性记忆就是选择记住某些事情,忘掉其他的,通常都是记住好事,忘掉坏事。为什么想知道这个？"

"有人说和我同组的老太太有选择性记忆。"

"谁？"

"她先生。"

"嗯……夫妻之间有很多事他们都不想记得。"

"就像爸打你吗？"我不知道自己为什么会这么问，也不晓得心里怎么会想到这个。

妈妈看着我。"不，我不可能忘记。"说完她顿了一下，"很抱歉，我不知道你也晓得那件事。但那只发生过一次，而且我也打了他。"她叹了一口气说，"我还以为你那时睡着了。"

我耸耸肩。

"我想你应该很难睡着吧？也许是我心里希望你睡着了，这也许就是选择性记忆。"她笑了。

"嗯。"

"脑袋通常删掉的都是很不好的事情，"她接着说，"这表示你爸和我之间的事情也没那么重要，对吧？"

她在等我点头。

"就像打仗，人会'忘记'他们亲眼看到的恐怖屠杀。你外曾祖父，我爷爷，就是这个样子。他绝口不提打仗的事，他那时候在桑姆，只有他活了下来，其他弟兄都死了。幸存者其实活得很辛苦，他们会有很深的罪恶感。"

她把身上的羊毛衫拉紧。"有点儿冷，对吧？可能是我们聊的话题太沉重了。你想不想喝热巧克力？"

"晚安，热巧克力。"爸爸以前都会这样开玩笑。我们两个虚弱地笑了一下，妈妈就进了厨房。

我不想拿葡萄事件跟世界大战相比，但我就是这么想的。说不定我对葡萄事件也有选择性记忆,说不定我以为不提就可以不想。然而,葡萄事件不停地在我脑袋里唧唧喳喳,跟机会之屋一样。突然,我想到两件事：一,打仗的事情也是这样缠着外曾祖父吗？二,缠着艾迪丝小姐的到底是什么事呢？

我跟在妈妈后面走进厨房,看着牛奶锅底下的瓦斯嘶嘶作响。

"人老了记忆会受什么影响？"我问。

"一般来说,人会越来越健忘。上星期我就把钱包忘在家里……"

"不,我是说很老很老的人。"

"短期记忆,"妈妈说,"通常是最先退化的。他们能够事无巨细地告诉你五十年前发生了什么事,却说不出今天早上吃了什么。"

"这是不是说,"我试探着问,"如果你想忘掉某件事,比如说三十年前发生的事,等你老了以后可能突然又记起来？"

"你是说不好的记忆吗？"妈妈问,"你刻意要忘掉的事？"

"对。"

"我不确定,如果你把记忆埋得足够深,可能就永远也不会想起来。"

"所以如果你开始回忆,"我继续问下去,"一部分大脑就会去挖掘、探寻那些可怕的事情?"

"你到底想问什么,罗伯特?"

"没有,我只是随便问问。"

"艾迪丝太太的衣橱里是不是藏了个骷髅头?"

"是艾迪丝小姐。"我纠正道。

"你不是说她有先生吗?"

"有个人说自己是她先生。"

"哦,那她怎么说?"

我还在想该怎么说的时候,电话突然响了。

牛奶快要煮开了。"罗伯特,你能帮我接电话吗?"

我走到电话旁边。

"喂?"

"嗨,罗伯特。"

"嗨,爸。"我低声说。如果妈妈知道是爸爸打来的,一定会放下牛奶过来。

"你还好吗?"

"很好。"

"上学都好吗?"

"很好。"

没有说话。

"咳!"爸爸咳嗽。

"爸,你还好吧?"

"当然,我很好。"

有时候我会怪他,怪他从来问不对问题,我们只会做这种屁用没有的简答对话。但后来我觉得是我的问题,是我总给错答案。我应该说:其实我一点儿也不好,因为天气很冷,你却没来帮我们生火。学校也很糟,因为我在赡养院遇到艾迪丝小姐,我不相信从机会之屋顶楼摔下来的是她儿子,因为她说她没孩子,问题是她也说她没有先生。我很害怕,因为我就要去那间废弃的屋子。我希望有人叫我不要去,但没有人知道我要去,所以也不会有人阻止我。而且,我的思绪会这么一直兜圈圈,是因为我已经疯了?还是尼克真的在我脑袋里植入了芯片?还有,爸,你以前在学校有没有怕过哪个男生,是那种真的害怕,有没有?还有……

"罗伯特?"

"啊?"

"你可以叫妈妈来听电话吗?"

"妈——是爸爸打来的。"我放下听筒,又拿了起来,"你星期六会来吗?"

"我就是要跟你妈说这事。"

妈妈拿着两杯冒着热气的巧克力走进房间,感觉就像以前冬天爸爸妈妈和我三个人一起坐在熊熊的炉火前面。

"嗨,尼格尔。好。不行。我明白了。"

妈妈的嘴抿成一条线,爸爸一定说了什么她不想听的话。我知道他说了什么,一定是星期六见面有问题。也许爸爸的新孩子生病了,或是他太太有其他的约会需要用车。没希望了,他不会来了。

"好。"妈妈说,"嗯,我想这对罗伯特很重要,我们另约时间吧,好吗?你手边有日程本吗?"

"没关系啦,"我说,"不用麻烦了,无所谓。"

"罗伯特……"妈妈在身后喊我。

但我已经走开了。我上楼回到房间,把门关上,锁得紧紧的。

妈妈一定会上来,她总是想要安慰我。但这么做有什么用?我只能靠自己,所以我最好习惯这样的生活。

7

早上八点二十五分,我出现在机会之屋门口。我原本想下课再来,给自己多一些时间,但我后来想,要是出了差错怎么办?妈妈在上班,可能要好几个小时才会有人发现我失踪了,但如果我早上来,只要迟到超过十五分钟,雷小姐就会让警犬出动了。

我没有走到屋后,而是勇敢地大步走上前门台阶,还刻意大摇大摆的,希望尼克会从树丛后面跳出来。结果没有。他每次都这样,你越希望他出现,他就偏偏不出现。于是我只好走下台阶,和上次一样绕到侧边,经过门框腐蚀、爬满荆棘的门,从正门到转角,从转角到废花园。蒲公英还在,风信子、碎酒瓶、超市塑料袋、晾衣绳、枯草地和微波炉也在。微波炉?微波炉绝对是新来的。难道我上次没看到?我暗自希望铁条已经封回厨房的门上,所有入口都被堵死了。但铁条还在地上,厨房的门还是四敞大开着。

我抬头往上看。顶楼窗户关得紧紧的。我到底在期望什么？上面不大可能会有尸体，就算有也应该在这里。我看着脚下的水泥地，几束绿草挤出缝隙，开出白色的雏菊。说不定他真的就在地底下，那个男孩……

罗伯特·诺贝尔，你真是个大白痴，没大脑。那只是个故事，是尼克编出来的，就算是真的，尸体也早就腐烂消失了。再说，如果真的发生过，那也是很久以前的事了。现在要想的就是进到屋子里。拜托，进去就是了。

我进去了。

今天风不大，冬青树的树枝没有敲打窗户。我走过废纸屑、信封和壁炉的残骸，厨房的门是关上的，用砖头顶着。感觉所有的东西都原封未动。可我明明动了砖块，把它移到门内一侧，但有人把砖块放回一开始的地方了。

我悄悄挪动砖块，走进屋子深处，感觉一切都没有动过，但就是有什么地方不对。我站住不动。对了，水声。水声不见了，就连滴滴答答的声音都没有。我不敢去想是为什么，因为一定是有人，其他人……

嘎吱，嘎吱。

听起来很像电影里有人悬在绞刑架上，但不想让观众看到尸体时配的音效。嘎吱。不对，我想错了。声音不像绞刑架，而是脚步声。有人在楼上走动。可是……我已经走到前厅了。前厅又大又宽,地上铺了花纹地砖,有几块地砖破碎了,仿佛是被大铁锤敲碎的。

嘎吱。

我很害怕,我只要踏错一步,碎地砖就会滑动,其他人听到声音就会知道我在这里,就会过来抓我……

嘎吱。

就在楼上,我要去的楼上。我的双脚开始移动,绕过破碎的地砖,动作又快又轻,几乎没发出半点声音。

嘎吱。

那是我。我一脚踏在楼梯上,楼梯嘎吱了一声。所以,刚刚的嘎吱声一定也是楼梯。我背靠墙壁,墙很硬很粗,凹凹凸凸的。壁纸都已经被剥掉了,散落在楼梯上,密密麻麻,很难看出台阶在哪儿。这么看来,楼上不可能有人。

嘎吱。

脚踩在一半,我好像踩到了海绵一样的东西,白白的很恐怖。是壁纸吗?不是。壁纸没这么厚。到底是什么东西?别慌,只是软垫。是之前镶在热水槽边的旧软垫,被人丢掉了。别问我这东西为什么会在这里,没必要知道。把思考功能关掉,继续前进,背靠着墙,呼吸,记得呼吸。

嘎吱。

二楼。嘎吱声一定在外面,如果真的是脚步声,应该能看到人。他不可能一直在房子里打转。我的意思是,你这样一直走一直走,又能走到哪里去?

嘎吱。

防火门。加硬的玻璃门立在楼梯中间,挡住了通向顶楼房间的路。机会之屋这下没机会了,谢天谢地,是它把我挡在外面,把艾迪丝的秘密锁在里面的。我轻轻推了一下门,没想到空气从缝隙中透过去,门就这么开了。

又是一段楼梯,十二小级,就这样。我呢,只好带着小脑袋继续往上爬。怦、怦、怦,这不是我踏在楼梯上的声音,而是我心脏撞击胸腔的声音。我就这样走到最上面。楼梯的尽头是一道门,顶楼房间的门。

门是开着的。

"你好!"我小声说。

难道谁还会响应我吗?男孩的鬼魂?带着啤酒罐的男人?还是移动砖块的家伙?

"我看到你啦!"房间更安静了。

没有人答腔。

我进去了。

顶楼走道的格局跟一楼差不多,只是比较小,其中四道门大开着,还有一道门开了一半。我站在原地不动,左手边是拆剩的厨房;正对着我的是浴室,白色马桶和洗手台都被大铁锤敲坏了;浴室左边是一间空房间,之前可能是起居室;右手边的房间空空如也,只剩花卉壁纸和床垫,应该是卧室。

房门半开着的房间正对着后院,我知道我非走进去不可,因为只有从这个房间往外跳,才有可能摔到水泥地上。房门敞开的角度不好,我几乎什么都看不到,只看得见壁纸。壁纸是小孩子喜欢的式样,说不定是婴儿房,一只洋洋得意的母鸭后面跟着三只小鸭,同样的图案不断重复,我猜里头一定有一百万只鸭子。

不然还有什么?

我浑身起鸡皮疙瘩,手臂上汗毛直竖,脊梁上一阵寒意流窜,耳朵里也好像有人在打鼓。如果要我猜,我会说是血液惊惶流动的声音,因为这会儿我的手正放在门把上,准备用尽全身的力量把门推开,走进据说有个男孩从这里跳楼死掉的房间。

我进去了。我站在房里,从头到脚都在发抖,牙齿像保龄球瓶一样撞来撞去。房间里到底有什么呢?

什么都没有。没有家具,没有灯,没有地毯,也没有尸体。只有一百万只母鸭、三百万只小鸭和一扇窗户。没错,窗户。面向花园、俯瞰水泥地面的窗户。窗户上有两片大玻璃,一片已经碎了,中间有一个星形的破洞。

不用说,我非得走到窗户前面,检查破洞是不是大得能让一个小男孩掉出去。我知道这个主意很扯,如果真的想跳楼,为什么还要特地去撞玻璃?这么做有什么意义?再说,要是有人撞破你家窗户摔出去,你事后绝对会更换玻璃。我走到窗边,探头向外望,眼前的景象那个男孩肯定也看过。这里离地面好远,干枯的草地缩得只剩一个点,就连水泥地面看起来都好小,要是没瞄准,肯定摔不到那里。

我很想摸摸碎玻璃的边缘,感受一下它的锋利。但我不敢,因为我突然对自己失去了信心。我不敢保证自己不会走过头。你们也许经历过:你站在地铁站台边,地铁驶来的时候,你心想,或许我可以跳到铁轨上。虽然你不会真的跳下去,但心里却这么想。不是吗?嗯,我现在就是这种感觉。要是我再走近一点儿,很可能就会真的往下跳。所以我往后退,就像你们在站台上一样,站到白色警戒线后面。

只不过这里没有白线,只有鸭子和门。于是我退到门边,撒腿跑了起来,完全不管会不会发出噪音。我又哭又喘,嘎吱嘎吱,乒乒乓乓,踩过旧软垫和碎地砖,不停地往下跑,冲到厨房用砖块顶着的门边,冲出空荡荡的厨房,最后跑到花园里。我站住,大口大口地喘气。

一切都很正常。天色明亮,阳光照耀,鸟儿在空中歌唱。我觉得世界好像突然决定告诉我一个神奇的秘密,高兴地跟我开起了玩笑。说不定开心的人是我,因为我不但到达了机会之屋的顶楼,而且还能全身而退!我觉得很轻松,身体像腾空一样充满了活力。要不是手脚太笨,我真想手舞足蹈了。我转着圈,飘飘然朝煤气厂前进,准备去上伟大的雷小姐的课。

"你没长眼睛啊?"

我差点儿撞上出来遛牛头犬的男士,我对他挥手微笑。

"对不起!"

"现在的年轻人啊。"他对我咆哮。

但我已经飘走了。我,罗大呆,是机会之屋的英雄!我轻飘飘地走过大马路,差一点儿被双层巴士撞倒。一辆白色货车紧急刹车,发出尖锐的噪音,但我想应该不是冲我,因为我已经走到人行道上,朝圣迈可教堂去了。比起煤气厂那条路,穿过教堂的墓地到学校算不上近道,但风景比较好,可以看到墓碑、鲜花和监控摄影机,上面注明不管你做什么事都会被拍下来,永久存档。

结果我在摄影机面前做了什么?跌了个大跤!我想应该不是被墓碑绊倒的,而是我两只脚自己打结。总而言之,我整个人趴到地上,满嘴都是泥巴和草,还有两样硬硬的东西。我坐起身子,把嘴里的东西吐出来,但却看不清是什么,因为眼镜已经飞掉了。我跪在地上在墓碑之间摸索,谢天谢地!我终于找到了。我戴上眼镜,张开手掌,两个硬硬的东西是白色的大理石片,其中一片沾了血,应该是从我嘴巴里来的。这种大理石片通常放在墓地花瓶周围。因为一般人对这种事都很在意,所以我决定把它们放回去。

只有一座坟墓有类似的大理石片,我拖着脚步走到墓前,把石片放回插着新鲜水仙的花瓶旁边。之后我抬头瞄了一眼墓碑,想知道自己撞到了谁的墓。

墓碑是灰色大理石做的,上面刻了几个黑字:爱子之墓,得年十二岁。日期一九六七年,孩子的名字是戴维·索瑞尔。

8

我在学校很好,真的。我很冷静,没人发现我经历了非比寻常的事。我对布兰特老师教的毕达哥拉斯、葛琳老师教的黑死病和雷小姐教的引号正确用法都表现出高昂的兴趣。下面是我学到的:毕达哥拉斯是古希腊数学家,发明了勾股定理[①],他不吃豆子,因为他认为豆子有灵魂;黑死病跟我们想的不一样,不是由老鼠传染的,而是老鼠身上的跳蚤;引号是用来表示文中引语的标点符号。

韦斯利发问:"雷小姐,引号看起来是不是有点儿像豆子?您觉得引号有灵魂吗?"

"韦斯利同学,"雷小姐说,"你真会耍宝。"

我和大家一样,微笑、举手、做笔记,要我做什么就做什么,根本没时间想其他事情、其他人,当然更不会想戴维·索瑞尔。

[①]勾股定理在西方被认为是毕达哥拉斯发现的定理。

吃午餐的时候我还是很正常,聊天儿说笑,吃我最讨厌的砂锅香肠。

接下来就是下午的足球赛了。我是非常期待。不过你们应该晓得,我期待不是因为我会踢足球。我不会,连一点儿天分都没有。只有其他人踢歪了,不小心弹到我面前,我才碰得到球。我之所以这么期待比赛,是因为在球场上我必须集中精神。首先要保护我鼻梁上的眼镜,其次是不要被尼克绊倒。他很喜欢绊我,就算我们是同一队的,他也会铲我的脚。我想,他应该是觉得我站着还是趴着对比赛都没有影响吧。

反正,那天吃完午餐后,雷小姐一阵风似的冲进更衣室,对大家说:"同学们,不用换衣服了,比赛取消了。"

"什么?!"

"柏克老师生病了,而且天还在下雨……"

有人叹气,有人抱怨。我也是前者中的一个。韦斯利看着窗外。

"毛毛雨而已嘛。就算下暴雨,柏克老师还不是让我们踢球!"

"韦斯利同学,别难过。"雷小姐说,"即使不踢球,我们这个下午也会过得非常高兴。所有同学跟我来。"

我们跟着雷小姐走出更衣室。我希望她带我们去体育馆,篮球对我来说跟足球一样难,也需要全神贯注。然而,雷小姐却带我们到了美术教室。

"所有人找位子坐下来。好了,你们应该都知道,有些同学参加了老人计划,他们做了一些很有意思的美术作品,所以……"

"不会吧?"

"罗伯特,你说什么?"

"没,没有。"

"你根本不知道我要你们做什么,罗伯特。"

问题是我知道。她要我们演讲,要我们"分享"在赡养院的经历。她会要我谈艾迪丝小姐。但要是我谈到艾迪丝小姐,我就会说到机会之屋,然后……

"老师,我不舒服。"

韦斯利一拳敲在工作台上。"跳蚤。"说着,他像是用拇指和食指拈起什么东西,"雷小姐,您觉得跳蚤是不是跑到他身上了?"

"韦斯利同学,起立。"

"可是,雷小姐,你看他。"韦斯利指着我,"他看起来不大对劲,不是吗?"

"他一向这个样子。"尼克说。

"没有,我是说真的。你们看他脸色这么白,应该是发烧,生病了。说不定是黑死病,你们说呢?谁晓得啊?"

"韦斯利,你起立!"

韦斯利站起来。

"到后面去。"

韦斯利慢吞吞的,带着一丝得意走到洗手池旁边。

"很好,谢谢你,韦斯利。"

"雷小姐……"凯特举手了。

"又有什么事?"

"我觉得罗伯特看起来真的不大舒服。"

"谢谢你,南丁格尔小姐。"雷小姐说完立刻走到我身边,手指托着我的下巴,"弗洛伦斯①很担心你。"

"我不想说机会之屋的事。"我说。

"这就奇怪了。"雷小姐话一说完,手指就迅雷不及掩耳地从我下巴底下抽走,我的脑袋一下子撞到桌上。"没有人要你说啊。"她露出微笑,"好了,如果没有其他事情的话……"说着她走到教室后面,用手指在地图抽屉里翻动纸张。"我们要做什么呢,"她把一张纸翻过来说,"对了,凯特,要不从你开始?给我们

---

①弗洛伦斯·南丁格尔:著名女护士,现代护理专业的创始人。

讲讲和你同组的老人,你们都做了些什么。"

"嗯。"凯特说着站起来,把纸接过去。

"到教室前面去吧。"

凯特走到教室前面,看起来很不自在。

"我又不是要你朗诵莎士比亚,只是要你跟大家聊一聊和你同组的老人,还有你们一起完成的作品。要不要先说一下他的名字?"

"艾伯特。"凯特说。

"很好,现在向我们介绍他。"

"好的。他今年八十二岁,十三岁就离开了学校。"

"真走运。"尼克说。

"他一开始在锯木厂工作,一天赚六便士,后来转去'搞建筑',早上六点半上工,傍晚六点收工,中间有半小时吃早餐,一小时吃午餐。"

"现在就没那么走运了,是吧?"雷小姐意味深长地说。

"我和他一起做的是收集歌曲,因为艾伯特真的很喜欢唱歌。你们都听过凯瑟琳的故事,就是哑巴王子的故事,对吧?嗯,艾伯特有一个想法,就是有些事情虽然说不出口,但却可以用歌声来表达。所以想破除魔咒的话,他会唱歌给王子听,说不定王子就会用歌声来回应他。"

"很好,谢谢你,凯特。你可以唱给我们听吗?"

"嗯,我不会唱,但这是艾伯特最喜欢的一首歌。"说完她开始念纸上的歌词:

亲爱的,当年你我初遇
你双颊红如玫瑰
如今却褪色老去
苍白更胜白玫瑰
但我仍然深爱其光彩
我爱白玫瑰绽放
我爱玫瑰,它是最甜美的花
它让我想起了你

凯特把纸举高让大家看。歌词用黑色墨水写在灰色方块上,边上画了几朵花,但还没上色。

"你们为什么把歌词画在墓碑上?"尼克问。

"那不是墓碑,是铺路石。艾伯特用道路来比喻智慧之路,还记得吗?"

"嗯,我觉得棒极了。"雷小姐说,"谢谢你,凯特。"

"可以换我说了吗?"洗手池那边有人发问。

"除非你守规矩。你能守规矩吗,韦斯利?"

"可以,雷小姐。"

韦斯利走到教室后面,拿了几张红色、橙色、黄色和黑色的纸条。

"韦斯利,你也要弄铺路石吗?"尼克问。

"不是,我弄的是火。"说完他走到教室前面,靠在桌角,"得让那可爱的小王子暖和起来,我和杜西是这么想的。"

"我和杜西太太。"雷小姐说。

"我和杜西太太。"韦斯利重复了一遍,"我跟杜西太太都是随便聊。她今年七十六岁。她像我这么大的时候,中午十二点就放学回家煮马铃薯,吃完之后一点半又回去上课。"

"那你从中学到了什么,韦斯利?"

"他们那时候没有薯片。还有,"他看见雷小姐摇了摇手指,就赶快补充道,"他们的负担比现在更重。"

"哦?"

"没错,除了点煤气灯,杜西太太还得用很锋利的刀给马铃薯削皮。更重要的是,她每天早上都必须到客厅生火。堆煤,放火种,然后生火。而我妈连火柴都不让我碰。"

"的确是这样。"雷小姐说。

"所以,这些就是我和杜西太太画的火焰。这个,"他指着其中一张橙色的纸条,"这个的意思是'我们以前可是被伤过'。"

"是没被伤过吧。"雷小姐纠正道。

"是被伤过。"韦斯利说,"杜西太太是这么说的。"他试着模仿杜西太太的语气,"你们这些小毛头都被宠坏了,我们以前可是被伤过。"

"你说的这些能帮助王子吗?"尼克问。

"知识,"韦斯利拍拍鼻子说,"是非常美好的,尼克同学。"

"非常感谢,韦斯利,我想到这里差不多了。尼克同学,要不要换你上来说一说?"

尼克拿了两张貌似空白的纸,往教室前面走。他边走边说,慢慢踱到桌子前面,偶尔停下脚步,制造戏剧效果。

"和我同组的老人叫马薇丝,我不知道她今年高寿,因为连她自己也不知道。她记不清自己的生日,过去发生的事情也差不多都忘光了。你问她过去的事,她只会说:'我要去艾宾顿。'你问她未来,她就会问下午茶什么时候来。我起初觉得她是真的想喝下午茶,可当她连续问了六遍,我就感觉没什么意义了,甚至应该说很荒谬,而且……"

"重点是什么,尼克?"

"重点是,雷小姐,能享受生活就要好好儿享受,这就是我要对王子说的。别再糟蹋生命,好好儿过你的日子吧,现在还不算太晚。"

"噢,"雷小姐有点儿意外但印象深刻地说,"好的,让我们看看你的画吧。"

尼克举起第一张纸,是一张铅笔画,上面的马薇丝被画成了母鸡,不过没有画得很恐怖,反而很细致、很精确,显然是怀着好感画的。画中马薇丝的头侧向一边,眼神带着母鸡才有的那种困惑但迷人的表情。第二张纸上的马薇丝变成了天使,感觉很年轻,大概二十多岁,身上的翅膀很轻柔,毛茸茸的,像只小鸡。她的表情沉静,充满了希望。这幅画跟上一张一样,笔触极其精准。

"真希望我也能画得这么好。"凯特说出了班上所有人的心声。

雷小姐没见过马薇丝,所以不晓得尼克画得有多精准,但对素描的水平还是非常赞赏。

"尼克,"她感伤地说,"你真是个被埋没的天才。"

"谢谢您。"尼克说。

该来的还是来了,雷小姐转身看着我。

"罗伯特,"她说,"你愿意和我们分享一下吗?"

尼克回到座位上,我还是没动。

"如果你想找作品的话……"

问题就在这里,其他人忙着剪剪贴贴的时候,我却在跟比马薇丝还疯癫的人说话。和我说话的男人可能是那个女人的先生,也可能不是。而那个女人可能记得发生在一个男孩身上的恐怖事件,也可能忘了。至于那个男孩,他可能是那女人的儿子,也可能不是。我不但没有画出漂亮的画,还因为咬到墓碑的石片刮伤了嘴巴,而且只要想到窗户上那个星形破洞,嘴巴里就会出现草莓酱的味道。

"罗伯特……"雷小姐打断我的思绪,"你可以快点吗,嗯?"

相信我,我已经用最快的速度在思考了。我有一堆智慧可以和同学们分享,我想跟大家说选择性记忆,说只要真心想要一样东西就一定会得到,连飞起来都有可能,还有……

"罗伯特!"雷小姐大喊,"到教室前面,快!"

我站起来,走到教室前面,杵在那里,嘴巴像鱼一样开开合合。

"嗯,罗伯特,怎么样?"

"真可怜。"尼克说。

"名字?"雷小姐说。

"罗伯特。"

"不是你的名字,罗伯特,我知道你叫什么。是和你同组的老人。"

"艾迪丝小姐,太太。"

"到底是哪一个?"

"艾迪丝。"

"好吧,艾迪丝。"

"我没有画图。"

"没关系,不用说你没做什么,罗伯特,说说你做了些什么。"

"我去了圣奥宾街二十六号,机会之屋顶楼的房间。"

"骗人。"尼克说。

"我非去不可,她要我去的。"

"谁?你在说什么啊?"

"艾迪丝,她要我去。她说就在那里,她的智慧之言,结果没有。那里什么都没有,完全废弃了。"

雷小姐走到教室前面,她的手汗津津的,按在我的前额上。但说不定冒汗的是我。

"你还是不舒服吗?"

"没有。有。"

韦斯利抹了抹桌子,说:"都是跳蚤惹的祸。"

我咳嗽,雷小姐伸手到口袋里掏出折好的棉手帕,好大一张。我用手帕捂着嘴。

"真恶心。"尼克说。

他以为我在吐痰,我突然心生一计。我清了清嘴巴,真的吐了一口痰,让血沾到手帕上,然后虚弱地把沾了血的手帕递给雷小姐。

"天哪,罗伯特,可怜的小家伙,赶快跟我来。"身材壮硕的雷小姐突然母性大发,快步带我走出美术教室。

"快进来。"她说着打开教师休息室的门,空气里弥漫着一股混合了香水和香烟的味道。

"坐下来,"她指着看起来湿乎乎的绿色扶手椅说,"我去打电话叫护士。"

可我不想坐,因为我根本不能坐,我身体里有东西在向上翻涌。我弯下腰,全身抽搐,接着在毫无预警的情况下,身体突然像鞭子一样抽直,恶心的红色呕吐物就从我嘴里喷了出来,落在雷小姐的大胸脯上,溅了她全身。我猜应该是砂锅香肠。

"哦,可怜的,"雷小姐说,语气温柔得非比寻常,"可怜的,可怜的小家伙。"

9

"生病？"我妈问。

因为快要放学了，雷小姐放弃学校的护士，直接打电话给医院。她从病房把正在照顾重症病患的我妈找来，然后要我接过话筒，自己跟她解释。

"我很好，"我说，"没事。"

"需要的话，我可以赶过去。"我妈说。

"没关系，我没事了。"

"我爱你。"我妈说。

"嗯。"说完我挂掉电话。

"怎样？"

"她没办法过来，有人需要急救。"

"我知道了。"雷小姐说着拍拍胸脯。她把沾满砂锅香肠的毛茸茸灰色毛衣收进塑料袋，用水和纸巾擦拭湿透的红衬衫，留下一点点白色的纸巾屑。雷小姐用指甲拈起一个纸巾渣，

"嗯,那就这样吧。"

"嗯。"我说完试着微笑。

雷小姐张开嘴正准备说些什么,钟声响了,学校立刻充满放学后震耳欲聋的嘈杂声:脚步杂沓,书包碰撞,孩子们大喊大叫。

雷小姐打开教师休息室的门。"声音轻一点儿,同学们!"她说。

我挤在雷小姐后面说:"请问我可以走了吗?"

我沿着走廊往更衣室走,雷小姐跟在我后面。

"我说了,同学们,声音轻一点儿。"她咆哮着。

所有人虽然嘀嘀咕咕,推来推去,但还是安静了下来。

"我还是送你回家吧。"雷小姐当着大家的面突然这么说。

"不用!"我脱口而出,"谢谢您,我现在好多了,真的。"

现在真的没有人说话了。

"我陪他一起走。"有人说,"我和他顺路。"

是凯特。问题是她和我不顺路。虽然我们两家离学校走路只要五分钟,但她家和我家却是反方向。

一个黑脑袋从我右手边冒出来。"你都听到了,"尼克说,"他不需要人陪,他很好,真的很好。"

"不过,凯特这么做很好心。"雷小姐语气尖酸地说,"你觉得呢,罗伯特？"

"嗯……"我又觉得不舒服了,"嗯……"

"那就这么说定了。凯特,谢谢你。我会帮你记个嘉奖。"

"谢谢您,雷小姐。"

雷小姐走了。

"罗大呆,你不是有妈妈吗？她去哪里了？"尼克问,"她也抛弃你了,是吗？"

"闭嘴,尼克。"

"先是你爸,然后是你妈……"

"我说闭嘴,尼克。"

尼克微笑,从口袋里掏出一个薯片包装袋,递给凯特。

"干吗？"凯特问。

"呕吐袋。"他说。

"我说过了,"我说,"我不会再吐了。"

"对对对,"尼克说,"但是凯特陪你回家,她可能会吐。"

凯特把包装袋揉成一团。"走吧,"她对我说,"我们走。"

我们走了。走出校门,我往右转。

凯特停下来。"走那边是不是比较快？"她问,"狗腿路那边？"

"嗯,没错。"我说,"但我想带你去看一样东西,你方便吗？"

"什么东西？"她问。

"就是一样东西，"我说，"我……我找到的。"

她看了看表。

"你赶时间吗？"

"没有，"她说，"应该没有。"

"谢了。"我说。

她耸耸肩。

"我是说真的，谢谢你，非常谢谢你。"

她微笑，酒窝出现了，只属于我的酒窝。当然，我本没打算带她去看戴维的墓，我自己也不想去。但她的微笑让我觉得这似乎是个好主意，非常棒的主意。

墓园离学校大门不到二十五米，只要沿着操场围篱走，第一个弯右转就到了。没必要紧张亢奋，但是我没办法，我就是很紧张，很亢奋。一切都进展得太顺利了，不是吗？我突然觉得，那里不会有白色大理石片，不会有新鲜的水仙花，也不会有写着戴维名字和年纪的墓碑。一切都只是生病时的幻想，到时我只能在墓园里打转，叫凯特看鸽子。

我们到了。

"你要给我看什么？"凯特问。

我看了看坟墓，深吸了一口气，指向那里。

"鸽子？"凯特说。

墓碑上停了大概有一百只鸽子，我手指向下一沉。在一只特别肥的白鸽子下方有几个大字：爱子戴维·索瑞尔之墓，得年十二岁。

凯特顺着我的手指，读过墓碑上的字。"噢，"她走近墓碑，又说，"天哪，罗伯特。"她蹲在坟墓前，没有出声。白鸽子还停在原地，看着她。凯特忍不住伸手去触摸那凿得很深的"十二"两个字，接着她的手垂下来。"是新鲜的，"她说的是水仙，"有人在这里放了鲜花。"

"是恩尼斯。"我说。

她抬起头，满脸困惑地看着我。

"艾迪丝太太的丈夫。"

"你真的确定他是……他们的孩子？"

我很想耸耸肩膀，我不知道，但是我却说："没错，一定是。"

凯特站起来，"他要是还活着，现在一定超过四十岁了。"

"说不定还生了孩子，艾迪丝太太的孙子。"

站着的时候，凯特和我差不多高，她平视着我的眼睛说："艾迪丝太太真的要你去机会之屋吗？"

"是的。"

"然后呢？"

"我去了。"

"噢,坏蛋,坏蛋,狞笑的死坏蛋!"突然,一个幽灵般的声音从八十六岁的莫森老先生的坟墓后面传来。那个人疯狂地傻笑,挥舞着双手,鸽子们顿时四处逃窜。"我是莫森先生的鬼魂,从腐臭的地下来找罗大呆,赏他一顿拳头。罗大呆,罗笨蛋,罗……"

"你有完没完啊?"凯特说。

尼克跳过墓碑,像只猫一样落在凯特脚边。

"没完。"他说着站起身来,咧嘴微笑,"骑士守则第一条,骑士以恪尽职守为荣,致力打击谎言。听见谎言却保持沉默,亲爱的女士,就如同……"

"是是是,"凯特说,"随便你。"

"好吧。"尼克说,"那就听你的。罗大呆不可能有勇气爬到机会之屋顶楼,不然他一定会从窗户跳出去。"他笑着说下去,"那就惨了。"说完他转头对着我,"我说对了吧?我说对了吧?"

"才怪。"我说。虽然他说的是实话,但我却不敢说出口。我从来没有像这样直接反驳过尼克,更别说在其他人面前了。

"原来如此。"尼克收起笑容,站到我身边冲着我做鬼脸,"证明给我看,"他说,"小子。"

"顶楼窗户破了一个洞,"我急匆匆说,"形状像星星一样。"

"你是说面向后花园的房间？"

"对。"

"漂亮。"尼克整个人放松下来，"真是侦探学校的高才生啊，罗大呆。"

"什么意思？"凯特说。

"嗯，法官阁下，"尼克说，"被告罗大呆·诺败儿先生宣称他到过机会之屋的顶楼。而比他更聪明机智的检察官，也就是在下尼克，认为诺败儿先生其实只到过后花园，他抬头看了看顶楼房间，发现窗户破了，瞧！二加二当然等于三咯。"

"那里有壁纸。"我说。

"真的呀，"尼克说，"那一定也有地板咯？"

"那上面有鸭子。"

"你说的是壁纸还是地板呢，罗大呆？"

"壁纸！一只母鸭带着三只小鸭。"

"不是飞天猪吗？"

"是鸭子。"

"飞天鸭？"

我转头对凯特说："你相信我说的是真的，对吧？"

凯特慢慢扭头，看看我，再看看尼克。

"比赛。"尼克开心地说，"由女神决定，谁说实话谁就是英雄,可以得到女神的花。"他说着挥手甩了一下戴维坟墓花瓶里的水仙花。

"你不可以这样。"凯特说。

"我已经这样了。"尼克说。

"这会亵渎逝者。"凯特说。

"只不过是水仙花而已。"尼克说。

凯特一把将水仙花从尼克手里抢过来,插回花瓶里,但是花梗已经断了。

"快选,"尼克说,"你选啊!"

"不要。这样很蠢。"

"选啊,你非选一个不可!"

"好吧。"凯特气冲冲地说,"我有个计划。尼克,你去那个房间,检查罗伯特说得对不对。你自己到顶楼去,看那里是不是真的有鸭子,怎么样?"

"哈,"尼克说,"你真是跟所罗门女王一样聪明。"他瞥了我一眼,继续说,"我想我会去的。事实上,我打算带睡袋在那里待一个晚上。黑漆漆的哟,罗大呆。呜……呜……"他呜呜鬼叫。"只是,"他故意做出困惑的表情,"你们要怎么确定我真的上去过了?我要怎么向你证明呢,罗大呆?嗯,真是个难题。"他吮吸着自己的指尖。"我知道了,"他掐着我的脖子说,"你也要跟我去,就我们两个人到机会之屋的顶楼。你觉得怎么样啊,罗大呆?"

"我……我……"

"你怎么可能会害怕呢,罗大呆?你不是已经上去过了吗?应该知道那里什么都没有,"他突然降低音量,"除了……鸭子!"

结果就是这样。我全身发抖,不是因为尼克两手掐住我的喉咙,对着我的耳朵大喊"鸭子",而是这个世界上我最不想做的就是一个人在机会之屋的顶楼过夜。我想不出有什么比这更恐怖,除非是……跟尼克一起在机会之屋的顶楼过夜。

"不要……"我说,"不要,尼克,我求求你……我不能。"

"为什么,罗大呆?是不是因为那个房间里根本没有'鸭子'啊?"他朝凯特眨眨眼。

"那里有鸭子。"喉咙被人掐住实在很难说话,所以我比较像在喘气,"还有人。"

"有人?"

"还有砖块,"我喘着气说,"会动的砖块。"

"会动的砖块,罗大呆?从墙上掉下来跟着鸭子跑,是不是?"

"在地板上。"

"哦,地板。砖块在地板上跑,原来如此。"

"还有人。"

"嗯,你刚才说了。你知道他是谁吗,那个在砖块和鸭子之间跑来跑去的人,罗大呆?我猜可能是那个死掉的男孩,对吧?那个摔成草莓酱的小家伙。拖着两只沾满草莓酱的幽灵脚啪嗒啪嗒地飘来飘去,是不是啊,罗大呆?"

我说不出话来,不晓得我是真的说不出话来,还是因为尼克终于把我掐得喘不过气了。

"罗伯特,我觉得你应该去。"凯特说完露出微笑,但是酒窝很不明显。

尼克把手放开,我脑袋往下垂,直愣愣地敲到地上。

"那就明天晚上见喽。"尼克说,"傍晚拿着睡袋碰面,真是期待。"说完他从莫森先生坟墓后面捡起书包,低头走开了。但他没走几步又回过头来说:"罗大呆,要是你没出现,我会杀了你。"

我还跪在地上,试着把气吸到肺里。

"那要是你没出现,"凯特对尼克说,"他也一定会杀了你。"

尼克吹了个口哨儿,"我好怕哟!"说完就离开了。

我还是一动没动。

凯特低头望着我。"你用不着这么可怜。"她说。

"什么?"

"没什么。"她伸手把我拉起来,"尼克就只会说说而已。"

"你听说过葡萄事件吗?"我问她。

"没有。"

"那可不是说说而已。"我说。

"哦?"

"我……我以后再告诉你。"

"好吧,罗伯特。"

回家的路上,我们都没有说话。这让我觉得自己很蠢,又很可怜。走到我家后院的时候,我想请她到我家坐一下。当然,我没开口,而且就算我开口了,我也知道她不会答应。

"再见。"我说。

"再见,罗伯特。"她说。我目送她转身离开,她沿着狗腿路走,完全没有回头。我解开链条,拔掉门闩,打开门锁,回到家里。我一屁股坐在地板上,心想,现在唯一的希望就是期待妈妈一眼看穿我的心事。她一定会阻止我去,一定会打电话给尼克的妈妈,对她说这件事太离谱了。这样的话,到了星期一,我在学校就会被笑成"胆小鬼",然后被痛打一顿。被打当然很惨,但比起被人从顶楼窗户推下去,这样其实好多了。

我不知道自己在地板上坐了多久,当妈妈回家的时候,我还坐在地上。

"罗伯特？"妈妈把灯打开,"嘿,这么黑你在做什么？"

"练习。"

"什么？"

"想事情,就这样。"

"你还好吧？"

"嗯。"

"你确定吗？没有不舒服？"

"没有。"

"是不是跟你爸有关？因为他答应要来,结果食言了？"

"不是。"

"我们会找到开心事情做的,我们明天晚上一定会过得很开心。你想做什么,罗伯特？跟我说没关系。"

"尼克约我到他们家去。"

"哦。"

"带睡袋,要过夜的,你知道。"

"你想去吗？"

"嗯,当然,为什么不呢？"

"那好吧,"她跪了下来,双手搂着我说,"我真开心。"她捏捏我的下巴,"你一定会玩得很高兴,对吧？你很期待吗？"

"已经等不及了。"我说。

10

尼克打电话来说：不要约傍晚了，我们晚上八点机会之屋见。黑黑的比较好，对吧？

我说好，其实一点儿也不好。不是因为天黑，而是因为如果我拖到快八点才出门，妈妈会起疑心，开始说些像"哪家父母会约孩子的朋友过夜，却不给他吃晚餐"之类的话。到时我就得编出一个既不是实话又不是谎言的答案给她，事情就会变得很麻烦。所以，六点的时候我收拾好背包，跟我妈说："尼克打电话来。"

"是吗？"

"他妈要带我们去玛洛可餐厅吃饭。"

"哦，那很好啊。"

"所以我走路去，跟他们在餐厅碰面，可以吗？"

"当然没问题。"大家都知道玛洛可餐厅。那是一对热情好客的意大利夫妇开的海边餐厅兼咖啡馆，除了冰淇淋，那儿的饭菜和服务态度也都广受好评,是很适合家庭聚餐的地方。我会在那里吃晚饭,嗯,反正就是点份薯条。我身上还有一些钱,所以也不算说谎。

我妈在我头顶亲了一下,说:"上帝保佑你。"

她很少这样说,上一次是她去和爸爸一起吃饭讨论分居的事情。那天晚上他们回家之后,我们就变成单亲家庭了。

"再见。"我说。

"你确定不用我陪你去?"

"妈……"

"我只是问问。"她笑着挥挥手,看我走进漆黑的夜里。

天色很暗,当然,路灯是亮着的。我停下脚步,抬头往上看,天空清清朗朗的,满天都是星星,绝对是个好兆头。

接近海边,风开始大了起来,我把外套领子竖起来包住脖子。外套很厚,内里是棉花,我很少穿,因为式样有些过时了。有一回我穿去学校,韦斯利问:"这是你爷爷的外套吗?"但是这件外套最保暖,如果我非要发抖不可,我可不希望是因为冷才打哆嗦。

从泰瑞斯路转角绕到广场,就可以看到玛洛可餐厅。我经过转角,餐厅的灯是暗的,外面也没有摆菜单。

玛洛可餐厅没开门。

我继续向前，沿着海岸大步前进，仿佛只要继续走，意大利夫妇就会突然出现，打开店门开始炸薯条。但他们没有。玛洛可和其他海边营业场所一样，冬天只开到傍晚，因为不会有多少生意。我在这里住得够久，所以我知道。但内心的需要会让人忽略一些事情，我想，这就是所谓的选择性记忆吧。

我往后退，抬头看二楼的窗户。我到底在期望什么？算了，我要换个地方，天底下又不是只有玛洛可一家餐厅。国王路上很多地方都卖薯条，我决定去第一个碰到的店。

第一家店叫威尼餐馆，不是什么舒服的小馆子，里面没有红白格子桌布，也没有笑脸迎人的老板，就是间破破烂烂的炸鱼薯条店。地板上的油毡裂了不说，里面一张桌子上还有缺角，而且我实在说不上来，到底是油炸锅比较油呢，还是站在锅子前面的男老板更油。

"来点什么？"油老板对我说。他前额上渗出一颗颗汗珠。

"一份薯条，谢谢。"我说。

"大份小份？"

"有中的吗？"

"有中的我会不告诉你吗？"

"那就一份大薯，谢谢。"我不想让别人觉得我很小气或付不起。

他把薯条铲进纸袋里,说:"这里吃?"

"对。"

"加盐加醋?"

"都要,谢谢。"老板摇一摇,撒一撒,接着又抄了两张纸包在纸袋外面,"一镑三。"

他后面板子上明明写着大份薯条一英镑二十便士,但油老板看起来不像好说话的人,所以我乖乖付了钱。

我小心翼翼地把外面的纸松开,薯条又软又油,黏成一坨。我用拇指和食指夹起一条来,薯条软塌塌的,不冷不热,还带点灰色。

"有番茄酱吗?"我问。

"番茄酱要另外加钱。"油老板说。

"那就算了。"我说。我也是有底线的。

"随便你。"

我坐下来,搅动薯条,把它们推到纸边,看浸满油的纸慢慢变透明。我舔掉指尖的几粒盐巴,但没有吃薯条。我知道我应该把它们吃掉,毕竟我付了钱,而且机会之屋的顶楼也不可能有麦当劳,更何况我肚子饿得要命,但我就是吃不下去。看到薯条那副模样就让我食道紧绷,光是闻闻就受不了。所以我坐着、坐着,手不停地搅动。油老板盯着我看。

"你想怎样？"他终于开口问我。

"没事。"

"薯条有什么问题吗？"

"没有。"

"看起来有。"

"是最后的晚餐症候群。"我说。

"什么？"

"要上电椅之前，"我说，"人们可以吃最后一餐，想吃什么都可以。在美国他们通常会点薯条。可是食物来了之后呢？你觉得他们吃得下去吗？假如是你，你会有胃口吗？"我嘴巴上这么说，心里想的却是：假如这是你的最后一餐，他们却拿这种垃圾薯条给你，你会怎么做？你会觉得无所谓吗？反正你再过半小时就会变成灰了。还是你会气得发疯？你在这个世界上最后一个愿望就这么被一个烂厨师给搞砸了。你会暴跳如雷，要狱方送一份像样的薯条来，否则就不上电椅吗？

"你在损我吗？"

"没有。"我说。

"有，你这个不要脸的小浑球儿！"

他从柜台后面走出来，手里抓了一瓶番茄酱，鲜红的酱汁从瓶嘴一滴滴地淌下来。

"你要酱，"他说，"我就给你酱。"说完他冲到我面前，在我的薯条上挤了一堆番茄酱，红红稠稠的一大坨，看起来很像反刍过的砂锅香肠，又像草莓酱或还没干涸的血渍。

"噢，别这样！"我大喊，"求求你……"

"啊哈，"他刻意大声说，"别客气，算我请你的！"他一直挤一直挤，直到整个盘子都变成一片红海。接着他用袖子擦了擦眉毛，心满意足地喘了一大口气，用瓶子指着我说："现在给我滚，你这个小浑球儿。"

不用他说第二次，我马上伸手去抓外套，没想到一个没抓好，衣服掉在地上。我弯腰去捡，突然听到挤番茄酱的声音，霎时湿湿黏黏的东西沾满我的脖子、头发和运动衫。"你听不懂我说什么吗?!"他咆哮道，"快滚，滚蛋！"

滚就滚，我大叫一声就闪人了。不过，混乱之中我还是趁机捞了几张餐巾纸。

"你这个卑鄙的小贼！"他大吼，"我会叫警察来抓你。"

但这时我已经穿过国王路，跑到瓦伦斯花园了。我至少又多跑了两百米，直到我喘不过气，确定老板没有跟在后面才停下来。我脱下衣服，用餐巾纸把头发和脖子擦干净，但运动衫是浅蓝色的，被番茄酱这么一搞，看起来很像背后中弹。天气实在太冷了，不能太挑剔，我又把衣服穿上了。要是现在有人看到我，肯定会觉得我刚踩到地雷。谢天谢地，我还有那件厚外套。我把外套穿上，蹦蹦跳跳几下，让冻坏的身体稍微恢复知觉。

这时候，我才想起来看手表，差五分钟八点。怎么可能？！我浪费了这么多时间，肯定会迟到。于是我拔腿开始跑，虽然不知道为什么。有像我这样急着去送死的犯人吗？着什么急呢？就因为尼克说如果我没来，他就会杀了我？反正横竖都会死，早到晚到有差别吗？

我没命似的狂跑，跑得眼镜都起雾了。八点零四分，我气喘吁吁地抵达机会之屋。刚开始我没看到尼克，因为我什么都看不见。我把眼镜擦干净，他还是没出现，起码不在屋子前面，不在台阶上，也不在围墙上。难道他已经绕到屋子后面去了？

我慢慢走到屋子侧边。现在，天色更暗了，我脚下的地面看起来凹凹凸凸的，又是土堆又是草丛。我伸手到背包里想拿手电筒，但又收了回来。虽然我很想看清四周，却不想暴露行踪，于是只好跌跌撞撞地摸到墙角，走进安静潮湿的花园。花园里更暗了，完全看不到路灯，只有从附近房子的窗户透出几点昏黄的灯光。星星呢？我抬起头，天空被云遮住，呈现出一种魔幻的乳蓝色。

我一直听着尼克的动静，但我其实也不大清楚尼克一个人在黑漆漆的花园里会弄出什么声音。我听到发电机的轰鸣声，滴水声，汽车喇叭和转弯声，至于最近的就是我的呼吸声。要是尼克已经进去了呢？要是他已经在屋子里等我了怎么办？我慢慢仰起头，他一定先去那个房间了，肯定是这样。他就站在破损的窗户前，往外看、往下看。

突然，我听到剧烈的撞击声，有东西掉落的声音，还有人在大叫。我转头去看。

"混账，是谁把东西放这儿的？"

尼克被微波炉绊了个大跟头。

他整个人趴在土里，我看着他，心里忍不住想：要是他再往左边摔一点点，就会一头磕在水泥上。

"你是要站在那里发呆呢，还是要拉我一把？"

我拉了他一把。

尼克站起身，把身上的泥土拍掉。

"你的背包呢？"我问。

"背包，什么背包？"

"……装东西用的。"

"拜托，罗大呆，我们又不是去登喜马拉雅山，不过就是爬个顶楼而已。"他顿了一下说，"噢，对了，别跟我说你带了登山杖、碎冰锤、炉子、烤豆子和肥皂哟。"

"薯片，"我说，"还有一颗苹果。"

"你真是认真的童子军,罗大呆。我嘛,只带了睡袋。"他停顿了一下,"更正,我本来是带了睡袋。"说完他跪在地上,开始在草丛里翻来摸去。"找到了。"过了一两分钟,他说。他站起来,把一个小袋子甩到肩膀上,"好啦,开工喽,走吧!"

他带头走进厨房,躲开乱晃的纱窗。风很强,在已经不见了的水槽的上方,冬青的枝叶不停地拍打着窗户。

啪嗒,停,啪嗒。

"嘘!"我对尼克说。

"干吗?"

"你听。"

"听什么?"

"那个声音。"

他仔细听。

啪嗒,停,啪嗒。

"听到了吗,那是什么?"我希望他跟我一样害怕。

"嗯,罗大呆同学,我说一定是邪恶树枝敲到玻璃上发出来的声音。你说呢?"

我什么话也没说,因为我注意到那块砖头,它不见了。当然,地上有很多阴影看起来很像砖头,但都不是"那块"砖头,顶着门的那块。它不见了,这只有两种可能,要么之后有人来过,要么就是现在有人就在这间屋子里。

"砖块。"我说。

"别闹了。"尼克说。他一边踢着地上的破烂一边前进。走到门边,他用手扶住门说:"你先请。"

我慢慢走过厨房,踏上台阶就站住了。我不想先走进走廊,不只是因为害怕前面,更因为担心后面。尼克,我可不想背对着他。

"我们可不可以动作快一点儿,罗大呆?"我感觉后腰被人猛力一推,整个人就跨进了走廊。尼克紧跟着我,门在他身后砰的一声关了起来。我以为他会再推我,结果没有。我们两个都被眼前的黑暗震慑住了,感觉就像眼睛里被人泼了黑油漆。我以为抹一抹就可以抹掉,可是不行。

过了一会儿,尼克问:"你袋子里有什么好东西吗?"

"像什么?"

"比方说,手电筒?"

"有,对啊,我有。"

我打开背包,伸手进去。睡袋、薯片、苹果、矿泉水、小刀,还是薯片。难道我没带手电筒?不可能。难道我把手电筒落在床上了?我又摸了一次。别紧张,手电筒一定在里面。我能感觉到它的重量,虽然有可能是矿泉水。

"罗大呆……"

"好……好……在这儿！"

"拿过来。"

尼克几乎是一把将手电筒抢了过去。

"这是什么？"

"车用手电筒。"

"橡皮警棍还差不多。"我感觉到他把手电筒翻来覆去，在找开关按钮。

"它能防水。"

"还真完美，"尼克说，"哈！"他找到按钮了。光线很弱，一点儿也不亮，他先用手电筒照照地上，然后又照照天花板，光几乎照不到那么远。"它除了'暗'，还有'亮'的按钮吗？算了，你不必回答我，罗大呆。"

既然手电筒在尼克手上，就换他走前面。我静静地跟在他后头。

"那是什么？"

他发现地板和壁脚板之间的缝隙了。只见手电筒的微光扫过档案柜、书桌、灯罩和水槽。

"地下室。"我说。

"地下室？"尼克讽刺地说，"我看是狗窝吧。我说罗大呆啊，你的问题就是一点儿想象力都没有。"

我的问题就是想象力太丰富了。我们已经走到前厅了,这时,我又听到了那个咔嗒声,很像木头绞刑架的声音。

咔嗒,咔嗒。

我看了看尼克,他把手电筒放得低低的,正在照地砖。难道他没听到?

"哇,"尼克说,"这是谁弄的?"他捡起一块碎地砖,用手指去摸边缘,"就跟刀子一样锋利,这都可以拿来杀人了。地砖谋杀。"他站起来的时候,我看到他把地砖塞到口袋里面。

咔嗒,咔嗒。

这回尼克也听到了。他转身对着声音的方向,用手电筒照楼梯,但光实在照不到那里。

"你……"

"嘘!"他伸长手臂,仿佛这样就能让光照到最下面的台阶。可惜没有。再说光很不稳,一会儿暗,一会儿又更暗。

咔嗒,咔嗒。

"是什么声音?"

"屋子的声音。"我说。

"屋子不会发出声音。"尼克说。

"这间会。"

他用手电筒照着我的脸,我不知道他是想看我有没有说实话,还是害怕了。尼克绝对是个审讯高手,但凭这样的光线,恐怕很难。手电筒的亮度一直在减弱。尼克很清楚这一点,他这么做是想假装电池还有电,虽然电池根本就快没电了。光线闪闪烁烁,跳了几下,熄掉又亮,熄掉又亮,然后熄了。没有光,只剩下无边的黑暗。我看不见尼克,他也看不见我。

一阵恐怖的沉默。接着,尼克大喊:"你混蛋,笨蛋,没大脑,白痴!"我听见他拼命弄手电筒,又拉又扯又甩的,好像只要够用力,手电筒就会亮起来似的。"你这个智障!"他继续骂,"傻瓜,蠢人,大蠢蛋,傻鸟,你干吗带快没电的手电筒?你,你……你真是弱毙了!"

"可你,"我说,"你连手电筒都没带。"

他往我这里冲过来,我感觉一股劲风向我逼近,但他始终没有过来。原来他一脚踩上一块松落的地砖,失足跌了一跤。我听到硬物撞墙的声音,应该是手电筒。我心里很高兴,这下他没有警棍了。

"噢!"他尖叫。

"安静。"我嘘他。

"干吗啦?"

"安静,屋子里可能有其他人。"但我说完就不这么想了,要

111

是屋里真的有人,这会儿早就过来一探究竟了。这让我突然多了点信心。我还意识到两件事:第一,我的眼睛已经习惯黑暗了;第二,黑暗对我比较有利,毕竟我很熟悉机会之屋的地形,而尼克不熟。虽然顶楼会稍微亮一些,但还是一样,因为只有一二楼的窗户有纱窗。

"快点,"我说,"站起来吧。"

他把手伸过来,一碰到我的手立刻紧紧抓住。

"要我先走吗?"我说。

"哪能呢。"

他摇摇晃晃地超过我,到他认得的楼梯位置,稳定情绪后开始找扶手。我们脚下只是被剥掉的壁纸,他却走得很小心。但显然是轻而易举。我让他走在我前面一两步,他越走越有把握,两脚开始随意前进,似乎已经习惯台阶和沾了胶的壁纸的感觉。突然,他踩上了。

他身体往下一沉。

"噢,天哪,不会吧,罗大呆!"

"那只是软垫而已。"我语气轻松地说。

"什么?!"

"就是塞在热水槽周围用来保温的东西,不是吗?"我用不着一百瓦灯泡也猜得出来这时候他脸上的表情。我很想说出他心里不爽的一件事,那就是:"你看吧,尼克,我真的来过这里。"但我想到他口袋里那块尖锐的地砖碎片,还是决定把嘴闭上。

尼克吃力地往上爬。到了转角的地方,他改成贴着墙往前走。下一段楼梯中间的地方是防火门,尼克停了一下,但我觉得他应该没有看到门。因为我虽然知道门在那儿,也只勉强看得见阴影。我该提醒他的,但我没有。

他抓住扶手,开始走最后一段楼梯。他走得比刚才快,我紧跟在他后面,促使他加快速度。防火门是用白色木头包着的玻璃门,尼克想也不想就往前冲,结果撞到门,整个人反弹回来。我离他太近,也被他撞着,两人当场失去平衡往后摔。他在上我在下,他手肘撞到了我的鼻子,我屁股着地往后连跌了两级楼梯。虽然如此,我还是觉得值了。尼克在呻吟,虽然我觉得是因为吃惊而不是痛,但他真的在呻吟。

"门是开着的,"我从他身下爬起来说道,"上次是开着的。"我竟然敢这么说,让我不由得全身颤抖。

尼克还在呻吟,但我想他听见我说的话了。

"你的睡袋还在吗?"我问。我的背包还紧紧贴在背上,虽然我想要吃到完整的薯片是不可能了。

尼克的袋子掉了。

"你要我去帮你找吗?"我提议。接着我又说:"你还好吗?"

"短短一个小时,"尼克勉强站了起来,说,"我先是被微波炉绊了一跤,接着踩到地砖摔倒,还撞到本应不存在的门。我撞门撞得那么重,淤青到都快出血了,你居然问我还好吗?废话,我当然还好,你这个笨蛋!不然呢?"他往我这里瞪过来,"还有,你去找我的睡袋。"

我很想走回转角那里,然后告诉他找不到。但我觉得我不是个小心眼儿的人,也许是因为我担心他口袋里那片地砖,所以还是很认真地找,也真的找到了。果然在转角,就在一根锈蚀的金属管子旁边。管子很短,只有我拇指那么长,开口的地方已经生锈了,能摸到锈铁的粉末。我把管子放到尼克的袋子里,心想自己以后一定会因为这件亏心事被罚吊死。

我爬上楼梯,把袋子交给他。

"里面真的有鸭子吗?"他问。

"嗯。"我说。

短暂的沉默,应该够他说"对不起"吧,但他没有。

"走吧。"他说。

我俩并肩走完最后几级楼梯,通往机会之屋顶楼的门开着,和上回一样。我猜得没错,这里确实亮一点儿,因为窗户没有纱窗,其中两个房间又临街,所以稍微透进了点灯光。尼克巡视了下厨房、起居室和被长柄大锤敲烂的浴室,接着又看了正前方有床垫的房间。

"五星级客房,"他说,"我就睡那儿。"

"随便你。"我说。后面那个房间比较吸引我。我从来没想到自己竟然能走到这里,这里这么暗,这么恐怖,还有尼克。不过,我想这里还有一个人,就是戴维·索瑞尔。他希望我到那个房间,似乎那里真的有什么东西等待我去发掘。仿佛艾迪丝的智慧忠告就在那里,只是上次被我错过了。

我转身对着房间,门跟我上次离开时一样半开着。我开始走,身体很沉重,像麻痹了一样,又像梦游。我不想让尼克跟我一起进房间,但他却跟来了。他贴得很近,差点儿踩到我的脚后跟。我们走进门里。

"鸭子。"我说。一百万只鸭子全都瞪着我们。

"我猜一定是艾迪丝告诉你的。"尼克说,"你们聊到家里摆设时她告诉你的。"

我懒得搭理他,我向窗边走去,走到有星形破洞的玻璃前面。我的内心非常坚决,也很平静。毕竟,我是能够飞翔的男孩。

"你要干吗?"尼克突然问。

"只是想看看窗子外面。"

"才怪。"他说。

"就是。"

"才怪!"说着他冲过来挡到我面前。

"你走开,不要挡住我,尼克。"

"你是怎么回事?"

"我没事。"

"窗户破了,你在三楼高的地方。"

"我知道,尼克。"

"你要干吗?"

"我说啦,看看窗子外面。"

"就这样?"

"对,就这样。"

他站到旁边,但不是很远,必要的话还是可以一把抓住我。

光从窗外透进来,云尽散去,星星再度显露出来。几万几亿颗星星。还有月亮,像一个硕大的银盘挂在空中。景色好美,我真想从玻璃的破洞伸出手去抚摸它。我会的,但不是现在,因为尼克在这里。

我转身,把背包卸下来,假装要在房间后面找一块干净的地方放睡袋。"嘿,看来最棒的地方已经被你占走了,床垫那边。"我说。尼克看着我整理东西,拿出薯片和矿泉水。

"我觉得我们最好在一起。"他说。

"谢了,"我说,"但是没关系。你要薯片吗?"

"不用。"

"那就明天早上见。"我开心地说。

"我不会让你一个人睡在这里。"

"是你不想一个人睡在那里吧？"

"不是,我不是那个意思。"

"那你什么意思？"

"我只是觉得不应该让你一个人睡在这里。"

"为什么？因为戴维·索瑞尔？"

"也许。"

"你到底在怕什么,尼克？"

"我？我什么都不怕。"

"那就过去睡吧。"我开始脱外套,"晚安,尼克。记得关门哟,谢谢。"

他不情愿地走开了。"我会听着你的动静,"他说,"要是你靠近窗户的话……"

"好啦,好啦。"

他没有把门关上,但我很清楚房间的构造,就算两个房间的门都开着,他也看不见窗户上的破洞。

反正时间很多,所以我就慢慢等。我喝了口水,打开一包薯片。果然,薯片都碎了。我又故意压了几下,让尼克以为我在吃。

即使听到他拉上睡袋的拉链,我还是按兵不动。就在我觉得他快要睡着的时候,他突然朝我这边大喊:"你有没有带书来?"

"没有,我只带了电视。"我对他喊道。

"床垫够恶心的,上面还有鸟大便。"

"不要再说了,不然大家都会抢着睡。"

"想不想聊天儿啊?就我们两个,怎么样?这应该算长途电话吧,很贵的。"

"不用,谢了。"我打着哈欠说,"我差不多了,吃完大餐就该上床了。"

"罗大呆?"

"干吗?"

他顿了一下,我妈每回跟我说"我爱你"之前都会这样。

他说:"我睡袋里有根小管子。"

"生锈的管子?"

"对,你怎么知道?"

"我也有,我猜一定是赠品。"

"罗大呆?"

"怎样?"

"你在学校怎么不像现在这么有趣?"

"你在学校怎么不像现在这么和善?"

"你确定不需要我到主卧陪你？"

"当然,晚安喽,尼克。"

他没再说话。我想过等他开始打鼾再行动,但要是他睡觉不打鼾,我就得等很久。所以我只等了五分钟,就起身蹑手蹑脚地走过光秃秃的地板。我踩到一块地板,发出嘎吱声,但尼克要么没听见,要么就是没反应,说不定他已经习惯屋子发出的怪声了,也许他真的睡着了。拜托,希望他真的睡着了。

还有,天空千万不要有云,因为我需要清朗的月夜。太好了!我走到窗边,它还在,那完美皎洁的月亮。看到这样的月亮,就会明白潮汐为什么会随它起伏,因为我自己就感受到一股拉力,感受到破窗外面那颗巨大星球的力量。我把窗闩拔起来,立刻发现窗户很好开,只要轻轻地一推。

我推开窗。

天堂就这么进到房里来,抑或是我踏出房间,我也搞不清楚,只感觉我就在月亮、星星、夜风和苍穹之间,与它们同在。我能感受到自由、空旷,浑身充满了力量和美。我当然没有往外跳,我知道我不会飞,起码没有翅膀。但是我能飞,真的。我能够勇敢地站在机会之屋的顶楼,因为我一步一步跨越了自己的恐惧走到这里。还来了两次。这给我力量,超越自己的力量,超越尼克的力量,因为他还在害怕。我深呼吸,吸进这个夜晚带给我的所有可能,再呼出来。这一刻,我觉得自己像个巨人,什么都难不倒我。

"不要!"尼克站在门边大喊,"不要这样!"他冲过房间,像橄榄球运动员那样把我扑倒在地。

"噢,天哪,我真不敢相信!"他把手按在我的运动衫上,"你到底做了什么?这是什么?"他大叫。

"番茄酱。"我说。应该说我硬挤出这几个字,因为我的脸被他按在地板上。

"这是血,"他说,"就像星星的形状!"

"真的,"我勉强出声说,"真的是番茄酱。是威尼薯条店老板的杰作。下次我再跟你说是怎么回事。你可以先让我起来吗?谢谢。"

他把手放开,一下子跳起来,把窗户关上,挡在窗边,遮住外面的夜空。

"你知道自己在干什么吗?"他问。

我不能告诉他我觉得自己像个巨人,所以就说:"不关你的事。"

"要是你摔出去,"他说,"他们一定会怪我,他们一定会认为是我把你推下去的。"

"哦,"我说,"你担心的就是这个?问题是我们不说有谁知道？我摔到水泥地上之后，应该说不出什么话来吧？"

"这个笑话不好笑。"

"是吗？我还以为你什么都能拿来寻开心呢，比如小强和小鸡……"

"小强和小鸡跟这件事有什么关系？"

"他们跟那个……葡萄有关。"这是我头一回说到"葡萄"竟然没有想要吐的感觉。

"我才不信。"尼克说。

"你不相信！"我慢慢站起来，走过房间到背包那里，从里头拿出一颗苹果，还有小刀。

"不是你到我房间去睡，"他说，"就是我来这里睡。"

我把苹果切成两半，说："我不会离开这里。"

"那好，我去把东西搬过来。你不要乱动，给我乖乖待在原地。"他离开房间不到一分钟就回来了，但我还是已经把苹果切成漂亮的八等分。

他把睡袋放到我的睡袋旁边，近得几乎贴在一起。看来他除了害怕，一定还很寂寞。

"要不要吃苹果？"

"不要，谢了。"

"别这样嘛。"

他拿了一片,看着我,咬了一口。"呃。"他说。

"味道不好吗?"

"很恶心。"

"噢,你吃到的那片说不定是我刚刚拿来擦屁股的。"

他呛了一口,把嘴里的苹果吐了出来。

我知道这么说不好,而且也不是事实,但我还是说了,因为葡萄事件。那件事是这样的:尼克带我和小强、小鸡到狗腿路去。小强和小鸡那时候还是新生,很想融入班级,换句话说就是希望跟尼克一伙。所以尼克说什么,他们都照着做。我也是。虽然我的理由是害怕。

"这只是一个游戏。"尼克说,"勇敢者的游戏。方法是这样的……"

我们每个人拿一颗葡萄,很饱满的绿葡萄。尼克要我们用屁股把葡萄夹住,我们都照做了。接着就是爬行比赛,从狗腿路的第一个弯爬到第二个弯。尼克有哨子,他吹哨,谁爬最后,谁就得把所有人的葡萄都吃掉。我是最后一名。

小强对尼克说:"你是开玩笑的吧?"

尼克说:"不是。"这是测验,是加入仪式。既然我们都同意参加,就得遵守规定。说完他把三颗葡萄塞进我的嘴巴。

"要水吗?"我把水递给他。那天在狗腿路,他可没有拿水给我。

他接过水,用力漱过口又吐了出来。

"你要我跟你说'对不起'吗？"他问。

"为什么？"

"对不起。"他说,接着又补了一句,"罗伯特。"

我应该很高兴才对,因为我一直希望有这么一天,不知道在心里预演了多少次：尼克向我道歉,尼克跟我说对不起。然而,这会儿我赢了,感觉却是那么空虚,甚至难过。现在的尼克看上去很可怜,他的睡袋靠我靠得很近,头还低垂着,看起来好像崩溃了,整个人感觉很小。

"算了。"但过了一会儿,我又说,"不行,不能算了,我忘不了,我永远不会忘记你对我做的事,尼克。"他看起来还是很渺小,"但是不用担心苹果,它味道怪是因为很便宜,是我妈在市场买的。你想吃薯片吗？"

"不用了,谢谢。"

尼克钻进睡袋,转身背对着我。我猜他可能要很久才会睡着,结果没有。他一下子就进入了沉沉的梦乡。过了一会儿,他翻过身来,身体蜷曲得就像个小婴儿,看上去平静而纯真。

我自己也累了,起码身体很累,甚至该说精疲力竭了,但我的脑袋却不肯休息。戴维的事还没解决,是他带我到这里的,是他让我感觉自己充满力量，我这辈子可能头一回有这样的感觉。所以我必须回报他，我必须知道他究竟出了什么事。我也必须回报艾迪丝，因为她说话算话，她说在这里可以找到智慧，她没有骗我。但显然还有另一样东西，一样她没找到但我必须找到的东西。可那是什么？我要找到什么给她？我开始行动。虽然地板嘎吱作响，但我毫不在意，尼克也没醒来。过了一会儿，我甚至觉得这样的声音让人很安心。

我不知道在房间里绕了几回，说不定十五圈，或二十圈。我在角落里寻找，用指甲抠每块地板间的肮脏缝隙，翻开每片壁纸，只见到布满灰尘的污泥。鸭子面无表情地看着我。这里什么都没有，除了几根羽毛，其实是三根羽毛：小小灰灰的，毫不起眼的羽毛。可能是鸽子的羽毛，或者是穿过窗户破洞进来过夜的鸟留下的，说不定就是在尼克睡的那张床垫上大便的鸟。这样的东西不可能大大地改变一个人的生命，但我还是把羽毛收进我的口袋，然后继续寻找。等我累得走不动了，我钻回睡袋，在睡袋里翻来覆去，听尼克沉稳的呼吸声。真神奇，尼克全身都是伤，竟然还能在这么硬的地板上睡得这么香。但事实就是他睡着了，而我醒着，因为我的脑袋停不下来。而我最后意识到的是：我以为到达机会之屋的顶楼之后，事情就会结束，但我现在不得不承认，事情才刚刚开始。

第二部　羽毛衣

它已经不是那件粉红色的晨衣了,
你几乎看不到原本的粉红色。
它已经变成了一只鸟,
一只羽翼渐丰的雏鸟。

11

我很想说自从在机会之屋过夜后,任何东西或任何人都吓不倒我了,尤其是尼克。但事实并非如此。我觉得恐惧似乎变成了一种习惯,我已经怕尼克怕了那么久,怕他变得就跟呼吸一样自然。

因此,第二天早上,我和尼克站在厨房外的水泥地上,他把脸凑在我面前说:"昨天晚上发生的事不准说出去,只有你知我知,明白了吗?"我当然明白。严格来说,这不能算威胁,他也没有用地砖碎片抵着我的喉咙,但确实是威胁没错,这说明我和尼克之间的崭新关系很脆弱。地砖碎片还在他口袋里,只有我听他的,碎片才会乖乖地躺在口袋里。

我们俩的新关系在星期一上学的时候,马上受到了考验。

"怎样,"凯特说,"那里到底有没有鸭子?"

尼克说:"有。"

我马上接口道:"我和艾迪丝太太聊她家摆设的时候,她提过鸭子的事,鸭子壁纸在她那个年代很流行。"说完我补上一个傻笑。

凯特挑了挑眉毛,怀疑的眼神从尼克打量到我身上。

尼克咧嘴微笑,不是傻笑,而是大大的、胜利的笑。

"罗大呆!"凯特气得大叫。

是啊,这么做让我很可悲,但也没那么可悲。说到底,我不确定这会儿倒在地上任人践踏的是罗大呆,我觉得说不定开口的是罗伯特。罗伯特这么说,是为了保护真正软弱的人,而那个人不是我,是尼克。

韦斯利听到我们说话。

"你们真的待在那个恐怖的鬼地方?"他难以置信地问道。

"你说对了,韦斯利。"尼克说。

"你们没有怕得哇哇叫,吓得腿软?"

"没有。"尼克说,"我一点儿也没有吓得腿软。我应该不是那种胆小鬼,对吧,罗大呆?"

"不是。"我说。

这个问题也让他闪过就有点儿说不过去了,因为那天晚上他真的很害怕,怕黑,怕自己一个人睡。但要是我反驳他,有谁会相信?韦斯利是肯定不会。过了一会儿,连我都开始怀疑自己了。我在心里想了又想,就是找不到一个时间点,让我可以伸出手指说:"就是这时候,尼克就是这时候开始害怕的,他吓得屁滚尿流。"因为手电筒没电的时候,他是可以对我发脾气的,就像他是真的担心我一个人睡一样。然而,我在为他着想,尼克却没有。

可到了星期三,这一切都无所谓了。我们再度造访赡养院,所有老人都聚在休息室,除了艾迪丝。凯瑟琳说她很高兴看到大家的作品。我什么都没做出来,只好躲在塑料棕榈树后面。凯瑟琳面带微笑,准备开始拼下星期要用的三折展板,她还想给我们讲一个故事,希望能帮王子解除哑巴魔咒。

"从前有个男人……"她开始说。

我该溜出去了。我转身假装要去洗手间,接着突然变换方向,朝艾迪丝太太的房间走去。我心里有股莫名其妙的兴奋,因为我终于有事情可以跟她说了。虽然我还没有找到艾迪丝冀望的宝藏,但起码实现了我的承诺,我去了机会之屋的顶楼。

我把手放在她房间门把上的时候,听到后面有脚步声。护士长把手按在我的手上。

"你不能进去。"她说。

"我叫罗伯特,"我说,"是来参加计划的。"

"那也不行。"护士长说。

"可是,艾迪丝太太是跟我一组的,我要和她一起做作业。"

我们是搭档。"

"今天不行,"护士长说,"很抱歉。"

护士长面带微笑,觉得说到这里就够了。我匆匆思忖:选择一,先回休息室,然后再伺机溜回来;选择二,继续坚持。

"为什么?"我说。我把身体挺到最直,差不多快到她的肩膀,"为什么我不能进去?"

护士长喷了一声,说:"艾迪丝太太在休息。"

"她上礼拜也在休息,但我很安静,没有吵醒她。她醒来的时候看到我,觉得很开心,她喜欢我陪她。"

"上礼拜是上礼拜,"护士长说,"艾迪丝太太生病了。"

我的手还放在门把上。我把手指收紧,动作很轻,但还是被她听到了。

"你现在就给我离开。"她说完把我推离艾迪丝的房间,几乎一路从走廊推到她办公室。进到办公室,她把门关上。

"好了,小家伙,"她说,"要是你不尊重我们这里病患的权利,我就不让你参加计划。我再说一次,艾迪丝太太生病了,需要休息,不能做作业。我很抱歉。"

"她上星期也不舒服,"我反驳她,"她先生跟我说她已经病很久了。"

"不像现在这么严重。"护士长强调。

"有多严重？"我问。

护士长没有说话。我妈说，要是有人说谁生病了，但是眼睛没看着你，那表示一定是癌症。"是癌症吗？"我问。

"你这孩子还真大胆。"护士长吓了一跳。

"这很重要。"我说。

"对谁？"

"对我。"当我说出口的时候，才发现这是真的。对我来说，艾迪丝已经不再是赡养院里的某个怪老太婆了，她已经成为我生命的一部分。"她快要死了吗？"我问。

护士长看着我。"对，"她说完露出微笑，"但我们都会死，不是吗，罗伯特？"

"谢谢。我可以走了吗？"

"可以，但不能去艾迪丝太太的房间。"

"知道了。"我说。我走出办公室，关上门，直接走到艾迪丝太太的房间。我把门把轻轻一转，就开门进去了。

他们把艾迪丝太太的床移到房间中央了。恩尼斯后来跟我说，这样医务人员比较方便把她抬起来，帮她翻身。艾迪丝躺在床上，脸色发白，面容憔悴，看起来好孤单，仿佛待错了地方。她就像只小鸟，原本应该在夏日花园里自由飞翔，却被困在寒冬里。

"艾迪丝太太,"我轻声说,"是我,罗伯特。"

"罗伯特,"她说着,但眼睛没有睁开,"罗伯特。"

"护士长说我不能和你讲话。我能和你说话吗,艾迪丝太太?"

"我不喜欢护士长。"艾迪丝说。

"我也不喜欢她。"

"嗯,那就不管她了。扶我起来。"她命令我。

我不知道该怎么办。我的力气应该够,但我却不敢扶她,因为她看起来非常虚弱,我很怕会伤到她。

"快点,"她说,"枕头!"说完她挣扎着坐起来。于是我伸手扶住她背后,试着让她坐直一点儿。凭着她自己的努力,加上从椅子上拿来的靠垫,总算让她稍微坐起来。艾迪丝脸上露出一丝痛苦的表情,但她一句话也没说。

"靠过来点。"

我照做了。

她端详着我的脸。"你看起来不一样了。"她说。

"没有,没有。我还是罗伯特,没有变。"

"你长大了。"

"说不定是你变小了。"我开玩笑。

"不是,"她说,"我不是说你的身高。你去了,对吧?我从你眼睛里看得出来,你去过那里了,机会之屋的顶楼。你办到了!"

"是的。"

"你真是个了不起的孩子,实在太勇敢、太有勇气了。我就知道你办得到,我就知道。"

"可那里什么都没有。"我急忙说,"我找了又找,花了一个晚上,但什么都没找到,那里什么都没有,除了一扇破窗、鸭子壁纸和几根羽毛。"

"羽毛?"她说。

"就是鸽子羽毛,没什么特别的。"

"给我看看。"

我从裤子口袋里掏出那三根羽毛。羽毛灰灰小小的,现在更被压扁了。她用瘦巴巴的手指拈着羽毛,开始一下一下动作规律地梳理它们。

"从前从前……"她突然开口说道。

有个梦见火鸟的人。盛夏的一天,这人到森林里工作,正在休息的时候,一只美丽的鸟突然从天而降。天气很热,这只鸟很想游水,便脱下她的金羽衣,变成一个美女,全身赤裸钻入森林的湖水中。男人从来没见过这么美的女人,便趁她游泳的时候把金羽衣拿走,藏了起来。女人从湖水里出来,发现金羽衣不见了,慌张得不得了。男人说:"跟我回家,我给你地方住。"

女人知道自己不能飞，便跟着男人回家。男人是个好人，很温柔。不久，他们两人生了一个孩子。女人用火鸟般的热情爱着她的儿子。孩子十二岁的一天，对妈妈说："妈妈，妈妈，快点来，看我在森林里玩的时候发现了什么。"女人循着爱子的声音找到他，发现他手上拿着那件金羽衣。

艾迪丝讲故事的时候，不像凯瑟琳会睁大眼睛，表情机警，而是像出了神一样，仿佛字词是从她身体里掏出来似的，仿佛她之所以知道这些，是因为她一辈子都活在那个故事里。

"把我的粉红晨衣拿来。"她命令道。

"什么？"

"我的粉红晨衣，"她生气地重复道，"从上往下数第二个抽屉。"

我想起来了，上回她跟我说恩尼斯不让她唱歌之后，也是要拿粉红晨衣。我还记得那时候她好像也很生气。

"快点！"她说。

抽屉里只有一件粉红色衣服。它其实不大像晨衣，比较像短袖羊毛衫，上面镶了小珍珠，扣子一直到脖子。衣服颜色很淡，很细致，很像肉色。

"拿过来。"

我把衣服拿给她。

"帮我做一件羽毛衣。"她说。

"什么？"

"用缝的，"她说，"把羽毛缝上去。"

"我办不到！"

"什么叫你办不到？"她说。这会儿她看起来已经不像刚才那么虚弱了。

"不会缝，"我无助地说，"我不会缝！"

"你到得了机会之屋顶楼，还有什么做不到的！"她说。

"除了缝东西。"我坚决地说。

"去拿针，"她说，"在床头柜里。"

我不知道是谁在牵引着我，但我真的朝床头柜走去。柜子最下层有一个小小的金色麦秆编的篮子，上面用亮红色的酒椰草编织了些草莓。篮子里有剪刀和针线。

"用白色的。"她说。

"什么？"

"白色的棉线。"

这时，我忍不住脱口而出："真是疯了。"

她又用那种能看透人心的巫婆眼神盯着我。"这是作业。"她回答，"我们的作业。我们不是应该做作业吗，对吧？"

"是啊，可是……"

"可是什么？"

"可是作业应该把过去和现在联系起来，把你我的生活联系起来，创造出智慧。"

"对啊，就是这样。"她像打了场胜仗似的说，"现在把线穿过针孔。"

"我做不到。"

"快做，戴维。"

"戴维？"

"做就是了。"

"戴维，你叫我戴维，可我是罗伯特。"

"是吗？"

"你明明知道！戴维是你儿子，你死掉的儿子。"

"死？戴维死了？谁说戴维死了？"她看起来非常震惊，像是心里的小鸟中箭了。

"不是，"我大喊，"我是说，不是现在，不是最近，是很多年以前。三十年以前。他死的时候十二岁，对吧？"

"不对，"她喊着，"噢，不，不要让戴维死，不要让我的小宝贝死！"

就在这时，护士长拿着一小塑料瓶药丸走进来，发现了我们两个。我愣愣地坐在床边，整个人吓坏了。艾迪丝躺在床上，像动物一样咆哮着。我看着护士长,护士长也看着我,我从来没有这么感激能看到其他人。

"你!"护士长结结巴巴地说,"你真是胆大包天!给我滚出去,你这个爱撒谎的小……"

艾迪丝站起来,身子像塔一样挺得笔直,她停止叫喊。"你下次再这样对他说话试试看,"她说,"听到没有?"

但我不想错过机会。我一溜烟离开床边,照护士长的吩咐,准备滚出去。

"对不起。"我对艾迪丝嗫嚅道。

艾迪丝太太像大力士一样一把攥住我的手,把我掐得紧紧的,都快掐到骨头里了。

"不要走,"她说,"不要把我留在这里,求求你。"

"这里到底发生了什么事?"护士长问道。

"罗伯特在做作业,"艾迪丝太太说,"他在帮我做羽毛衣。"

"你应该休息静养的。"护士长说。

"我已经静了三十年了。"艾迪丝太太说。

"来,吃这个。"护士长说着把装在塑料杯里的药递给艾迪丝太太,接着又倒了一杯水,"拿去。"

艾迪丝太太把我的手放开,用她像鸟爪一样的手向护士长挥过去,塑料杯和药丸应声飞散,但是她用力过度,整个人都瘫

137

软下来。

"药丸可以止痛,"护士长说,"很有效的。"

"什么都没效,"艾迪丝太太说,"痛苦是不会消失的。"她看着我,"除了罗伯特,罗伯特能帮我。罗伯特很勇敢,他是个很棒的孩子。他答应要帮我做一件羽毛衣,对吧,罗伯特?"

"对,"我说,"当然。"

12

问题:谁才是大坏蛋?尼克还是艾迪丝?**去机会之屋顶楼。**好,遵命。**帮我做一件羽毛衣。**好主意,我马上动手。说不定我额头上除了"打我"之外,还写了"傻蛋"两个字。罗大呆·诺笨蛋,罗大呆·诺猪头。不过,也许是针线的事,才让我这么抓狂。

你们有过用线穿过针孔的经验吗?事实一:不论针孔多大,线头永远比针孔还大。事实二:无论你剪线头再怎么小心,线头一定会分岔。你会因此气馁吗?不会,你只会一试再试。你把线头对准针孔,把手稳住,往前一推,呜哈!没过。再来一次。只有这时,你才会怀疑自己手臂上长的是一只货真价实的手呢,还是一串香蕉。不用说,我长了一串香蕉。然而,百折不挠是你的优点,所以你又试一次。这回你看到线头从针孔另一头冒出来,太棒啦!你高兴得大声欢呼,仿佛打了胜仗,却发现线头其实是从针孔后面滑过去,还在你欢呼的时候掉到地上了。

"需要帮忙吗?"妈妈走进房间,在洗衣篮里翻弄脏衣服。

"不用,谢谢。"

"你在干吗?"

我看起来像在干吗?看漫画吗?"我在穿针。"

"为什么?"

因为我答应一个怪老太婆,说我会帮她做一件鸽子羽毛衣?废话!我没有回答。

妈妈面露和善的表情说:"抿一下。"

"什么?"

"把线头用嘴抿一下,这样穿针比较容易。"

我用嘴抿了抿线头,你猜怎么着?线头不再分岔了,变得跟针尖一样细。我把线头凑近针孔,迅速往前一推,啊哈!线就这么穿过去了。穿过去了!我真是个天才。接下来是打结。这很简单,但是——没有打上。怎么可能?我顺着棉线摸过去,有结,不过得用放大镜才看得见。我又试了一次,我用力拉扯棉线,结果另一头的针翻了个跟头,落在了地板上。

"运气不好。"妈妈拿起针线说,"看好。"她先舔了一下食指,把线头绕在食指上,再用拇指和食指弄出一个圈,接着把线圈拉出食指,用中指指甲轻轻一拉,一个结就这么冒出来了。

"看到没?"

"嗯……"

亮光闪了几下,线又穿过针孔了。她把针线递给我,"我能问问你想做什么吗?"

"缝东西。"我的语气不是很感激。

"比如说?"

"羽毛。"

"羽毛?"

"缝在晨衣上。"我指着那件粉红羊毛衫。

"哦,你们要演话剧吗?"

话剧?人的脑袋真是够神奇的,明明搞不懂,却非要弄个明白。

"也不算是。"

"那是什么?"

"我要做一件羽毛衣,是学校作业,和赡养院的老人一起做。"

"哦,我明白了。用艺术作品来表现飞行从他们那个年代到现在的演变过程,是吧?"

好样的,老妈。我看你是用脑过度了。"算是吧。"

妈妈看着羽毛,"你只有三根羽毛?"

"我会找更多的来。"

话一说出口,我就知道自己会这么做。因为我确实想照艾迪丝太太的吩咐做一件真正的羽毛衣,不管需要多长的时间。我已经想好羽毛衣的式样,先缝上一百根深色的大羽毛,上面再点缀些轻巧的小羽毛,羽毛的颜色彼此搭配,又有渐进,最后在脖子周围和胸前绣上毛茸茸的纯白小羽毛,像鸟儿一样,作为完美的收尾。

"嗯,做完记得洗手,我不确定那些羽毛干不干净。"妈妈说完又继续翻洗衣篮了。

"妈……"

"嗯?"

"得了癌症的人还能活多久?"

昨天晚上,我绞尽脑汁考虑怎么问才不会显得不自然。结果你看,又被我搞砸了。

妈妈停住了,手里的脏袜子悬在空中。"要看是哪种癌症。"

"肝癌。"

"谁得了肝癌?"妈妈问。

"没谁。"

我不是故意偷看艾迪丝太太的病历。谁叫病历就放在护士长的桌子上,我想不看都不行。

妈妈走过来坐在床边。"真正的肝癌,"她说,"病发非常快。但第一期肿瘤就出现在肝脏很罕见。大部分肝癌都是第二期肿瘤,那时再预判病情会容易得多。"

"几星期?"我问,"几个月?还是几年?"

"没有几年,不可能。但几个月还是几星期,那真的要看肿瘤到第几期才能决定。"

"所以你也不知道咯?"

"嗯,就我现在知道得那么有限,是判断不出来,罗伯特。"

"那……要是没有什么原因,突然好起来呢?"

"你是说自发缓解?是有可能,但我想不是很常见。"她看着我说,"你在讲艾迪丝太太吗?"

"可能吧。"

"真抱歉,罗伯特。"

"不用,"我说,"她还没死呢。"

"我能帮上什么忙吗?"

"能,你再教我一次怎么打结吧。"

她做给我看。然后,她坐在旁边,看我吃力地跟针线、羊毛衫和羽毛搏斗。她静静看着,什么都没说,直到我把羊毛衫的前胸后背缝在一起,羽毛脱落滑到地上,她才开口。

"这里,"她把羊毛衫的扣子解开,"如果一次缝一边,应该会比较简单。把针从背后穿过来,这样才不会看到结……"

"不对,不对,羽毛要在最上面,从肩膀开始往下。"

"那好,就放在这里吧。我觉得除非你绕着羽毛缝,否则很难固定。还是你想直接用针穿过羽毛管?"

"对,"我说,"就这样直接穿过去。"我希望羽毛衣很耐穿,很牢固。

缝羽毛比她想象的要困难。"我需要顶针。"

我把订书机拿给她,她用底盘顶着针把它穿过去,接着又用棉线绕着羽毛缠了几圈,羽毛就被固定住了。

"谢谢你,"我说,"真的。"

"继续?"她说着伸手去拿第二根羽毛。

"不用了,"我说,"我要自己做。"

"没问题。"她说。她娴熟地把针固定在羽毛下方,把羊毛衫递给我。"这是你的作业。如果让你学会缝纫,那就太棒了。可爱的艾迪丝太太,这件作品一定会给她带来新的变化。"

我不知道她这么说有没有讽刺的意思,听起来很像。不过,我妈不是那种喜欢讽刺的人,所以我只是面带微笑,对着脏袜子点头,她就离开了。

接下来的问题是怎么把线从左肩拉到右肩,也就是要放第二根羽毛的地方。我觉得从机会之屋拿来的羽毛应该平均分配,两根在前面,一根在背后。做这件羽毛衣,匀称的设计就跟颜色和质地一样重要。要做好火鸟装,就不能出任何差错。

答案:先缝背上的羽毛。这不是很简单嘛。我从袖底一路往下缝,虽然针脚七扭八歪,但还是把针送到了正确的地方。接着我牢牢地拿着羽毛,用订书机的底盘一直压一直压,直到针穿过羽毛管为止。我用针绕圈时不小心扎到自己,血流出来沾到羽毛管上,我想把血擦掉,却蹭了一点儿在羊毛衫上。当然,将来衣服上都是羽毛,没人能看到这个小污点,只有我知道。我只好把它当作一个好兆头,不管我愿不愿意,我的一部分生命都已经融进了这件衣服。

剩下的线不够缝第三根羽毛,所以我只好再剪一段新线。这次我动作快了许多,穿线和打结都是。我很高兴,不光是为自己,也为艾迪丝太太。时间很有限。问题是多有限?既然目前还不清楚,我只好尽可能加快脚步。每天、每小时,甚至每一分每一秒都很重要。羽毛衣越厚越好,就越可能成功。

接下来,我要到哪里去找更多的羽毛?显然就只有墓园。那里鸽子那么多,一定有很多羽毛。我把第三根羽毛缝牢。再过一小时天就要黑了,我必须现在出发。要怎么跟我妈说呢?实话实说吧,我想。

"妈,我要出去一下。"

"去哪儿?"

"圣迈可与诸天使。"

"去教堂?"

"对,去教堂。"

"干什么?"

"收集羽毛。"

"现在?"

"是作业,妈,我一定要去。"

"下着雨呢,罗伯特。"

"哦,那我就穿雨衣出门。"

"罗伯特……"

我走出门,外面在下雨。细细冷冷的雨,像小冰柱打在我脖子后面。但是雨不大。我走到教堂墓园的时候,雨已经停了。我开始寻找,在旧墓碑之间的草地上搜寻。香烟盒、瓶塞,还有湿透的面巾纸。一只鸽子停在我脚边,然后又来一只,接着是第三只。它们原本在教堂钟塔底下躲雨,现在全都飞到我脚边来,三十、四十、五十只。

"有谁想捐一根尾巴上的羽毛?"

鸽子叽叽咕咕,完全不理我。

我又开始找。空药罐、汽水瓶和一朵黄色的番红花。鸽子跟在我后头,仿佛火车站的乘客般规律地在我身边穿梭,但没有碰到我。说不定它们不想跟我靠得太近,说不定它们已经注意到我的绝望、我的目的。掉落的羽毛都跑到哪里去了？这里只有薯片袋、狗大便、安史劳特的坟墓。

羽毛！灰色的一根，湿漉漉地沾满了泥巴，羽枝被水压得分了岔。我把它捡起来。接下来一小时，我就这样一根一根捡着羽毛，细小的、杂乱的、被水浸湿的。我像捡到宝贝似的把每根羽毛收进口袋。我弯腰寻找的时候，鸽子就在我身旁咕咕叫，喉咙里发出颤抖的声音。

我从教堂外围开始找，现在已经走到里面，离戴维的墓越来越近。当然，早就有鸽子等在那儿了。一只棕白相间的鸽子跳到戴维的墓碑上，开始理毛。我突然觉得这样很不敬，便伸手想把鸽子赶走，但它却不肯离开。

"走开，快闪！"我开口要说，但话却没说出来，因为我已经来到墓前。白色大理石碎片上沾满了羽毛，还有血。有一只鸟被分尸了，这里是谋杀现场。

我蹲下来想去碰，但又不敢。机会之屋那种欲迎还拒的感觉再次袭来。我不晓得自己一动不动地蹲了多久，这里的羽毛够我缝满两只袖子，甚至连前胸都差不多够了。不过，有些羽毛上还带着肉，还有半只翅膀留在原地。

怎么会有鸟在这里被杀？戴维想跟我说什么？羽毛是他送给我的吗？想告诉我我做得没错？还是在警告我这个羽毛杀手？

也许,我和我妈一样,硬是想解释根本无法解释的事情。明明就是单纯的意外,却想从里面找出意义来?

"到底怎么回事啊?"我大声说。

"是郊外的狐狸。"身后冒出一个声音。

我转身,恩尼斯像一座小山似的站在我面前,黑色的外套迎风飘舞。

"嗨,罗伯特。"他说,手里拿着一束水仙,"现在很晚了,你怎么出来了?"

我跳起来,拍拍膝盖说:"我正要回家。"

"你怎么会知道?"他问。

"知道什么?"

"戴维的事。是她跟你说的吗?是艾迪丝跟你说的?"

"没有。"

"那你怎么发现的?"

"纯粹是巧合。"我说。这么说也对也不对。我摔倒在这里是巧合;但那天我先去了机会之屋,这可不是巧合。

"艾迪丝病得很严重。"他说。

"我知道。但是她会好起来的,我会让她好起来。"

恩尼斯轻轻笑了,"你是真的让她好起来了。"

"还不算,"我说,"我要帮她做一件羽毛衣,火鸟羽毛衣,这样她就会好起来了。"

"火鸟？火鸟的故事,她跟你说了？"

"对。"

"是我的错,是我拿走了她的羽毛衣。"

"你说什么？"

"我把让她飞的东西拿走了。她是这么说的。我不让她唱歌,结果,然后……"他支支吾吾,双膝跪在地上。

"然后怎样？"我细声问道。

他没有回答,只是开始动手清除戴维坟墓上的残骸。

"不会有事的。"我对他说,"我会把羽毛衣做好。是她要我做的,她想要一件羽毛衣。会好的,一切都会好起来的。"

"不会了,"恩尼斯说,"已经太迟了。"他拾起鸽子尸体仅剩的裸露肋骨,把折断的翅膀放在旁边。"迟了好多好多年。"

"我需要那些羽毛。"我说。

"什么？"

"羽毛,你手上的那些。我需要它们。"

"为什么？"

"火鸟羽毛。"我现在非常肯定。戴维、恩尼斯,还有羽毛,全都在同一时间出现在同一个地方,这不可能是巧合。戴维要我拿这些羽毛,艾迪丝太太也是。置之死地而后生。这是重生,一定是。"可以把羽毛给我吗？谢谢。"

他一言不发照做了。接着他又回头看着坟墓,把枯死的水仙从花瓶里拿走,换上新的。

"你会参加分享会吗？"

"分享会？"

"就是作品展示,在下星期五。我们要跟老人一起分享作品。"

恩尼斯手脚僵硬地站起来,外套前面有两块濡湿的痕迹,是他刚刚膝盖着地的地方。

"艾迪丝去的话,"他说,"我就去。"他看着我,"如果她去的话。"

我知道他在说什么。时间已经不多了。

13

我不但洗了手,连羽毛也洗了。每根羽毛我都用肥皂洗过,我把羽毛管、羽瓣搓干净,把羽枝轻轻翻开,清洗之后再顺回原状。我希望每根羽枝都整整齐齐,跟原来一样完美。我清掉羽毛上的泥巴、骨渣和其他黏糊糊我不敢多想是什么的东西。接着我擦干羽毛,先用纸巾轻轻拍,再用妈妈的吹风机。我很有耐心,连分岔都慢慢抚平,让羽毛恢复原状,每根羽枝都接着羽轴。

吹风机的声音把妈妈引来了。

"罗伯特……"

"怎么?"

"你到底在干吗?"

"把羽毛吹干。"她不是要到医院去吗?

"天老爷啊!"

"嗯,你说不晓得羽毛干不干净,所以我在清洗啊。"

她挑了一根羽毛,闻了闻,"你竟然用我的玫瑰香皂!"

"妈,对不起。"

"你啊,罗伯特。"

我预感情况变糟了,事实也是如此。羽毛洗净、吹干之后,我又开始缝羽毛,一直到吃晚饭。吃完饭我又开始缝,缝到该上床睡觉。妈妈看到我房间灯亮着,就走了进来。

"你这样会把眼睛弄坏的,"她说,"人累的时候缝东西很不好。"

"我不累。"

"你乱讲。"她说着把灯关了。

但我没乱讲,我真的不累。需要一星期不睡,我就一星期不睡;需要打手电筒缝衣服,我就打手电筒缝衣服。我是在执行任务。我既然去了机会之屋顶楼,就会把羽毛衣做出来。能到机会之屋顶楼的男孩,什么事都难不倒他。艾迪丝太太让我飞,我也应该让她飞,不管妈妈说什么,不管……

"罗伯特,把手电筒关掉,马上!"

我把手电筒关掉。

但我已经设好闹钟,五点半。不过闹钟还没响我就醒了。我继续缝,从黑漆漆的深夜缝到天色渐亮。大家都睡了,只有你一个人醒着,这种感觉很奇妙。在半明半暗的寂静里缝东西,感觉也很特别。我觉得自己好像神话里守着织布机的女子,就像《夏洛特女郎》①诗中的女子;像奥德赛的妻子珀涅罗珀②:丈夫不在身边,为了赶走追求者,只好白天缝纫,晚上再把衣服拆掉。唯一的差别是我白天缝,晚上也缝,夜以继日。尽管如此,我的速度还是不够快,羽毛也不够多。我必须拿到更多的羽毛。

我匆匆吃完早餐,就提早出门去上学了。当然,我选择从墓园走。没办法,我就是忍不住,即使我昨天已经把那里的羽毛都捡光了。我其实没抱太大希望,所以当我在安史劳特坟上看到一根干净的纯白羽毛,感觉就好像天上掉下来的礼物。这是一根货真价实的胸羽,我心怀感激地把它收进外套的内侧口袋,接着往海滩走去。

我内心纠结了许久,鸽子羽毛和海鸥羽毛可不可以混在一起,最后决定可以。既然艾迪丝太太选了机会之屋的羽毛,就表示她认可灰色和白色,我只是奉命行事。真正重要的是羽毛衣能及时完成,而不是用什么羽毛。再说,鸽子羽毛真的不够。

离海边还有一条街,强烈的海草气味就已经随风而至。海风非常强的时候,海鸥都会往陆地飞。它们现在就在海边飞翔,

---

①英国著名诗人丁尼生的一首叙事诗。
②古希腊著名史诗《奥德赛》中的人物。

嘎嘎叫着在空中盘旋。我跨过人行道,走下防波堤附近的台阶。

一根羽毛。一下子就出现羽毛,这是个好兆头。它卡在最后一级台阶旁边的石头缝里,白色,完好无缺,仿佛刚从天堂掉落一般。我把羽毛捡起来,上面有三滴水珠,晶莹鲜活,仿佛清晨花朵上的露水。我从来没见过这么美的羽毛。神哪,谢谢你。也谢谢你,海鸥。我拉开外套口袋,把羽毛放进去。

我在海边待了一个小时,直到手指冻僵。我找到不少漂亮的尾羽,还有毛茸茸的小羽毛,轻飘飘的,好像随时会被风吹走。结果没有,它们都在那儿,等待着我。我一根羽毛都不放过,就连两片被沥青粘在一起的羽毛也都捡了起来。

集会钟响的时候,我才赶到学校。我乖乖地跟其他人走进集会厅,但心里只想着缝纫,想马上开始动手。羊毛衫就在我书包里,整整齐齐地折好收在塑料袋里。我的手指忍不住发痒,但我必须小心,这是绝密任务,只有我和艾迪丝知道。意思就是我不想让尼克发现,凯特也一样。尼克会嘲笑我,而凯特会问东问西。"你为什么要做这个?做了要干吗?"

要是凯特问我,我就必须实话实说,告诉她:"我要做一件羽毛衣,因为我相信它能拯救艾迪丝太太的生命。"

没错,是真的。虽然我嘴上不承认,心里却这么相信。我认为鸽子羽毛做的衣服真的能拯救一位老太太的生命。就连凯瑟琳,虽然她很会讲故事,也不会相信这样的事。但我相信,真的相信。

于是一到下课时间,我就把自己锁进厕所,拿出衣服来缝。厕所的光线不够亮,水槽又是那种老式用链子拉的,橡胶把手不停地打到我的脸颊,但起码这里没有人。

直到尼克看到我的脚。

"你在里面干吗?"他问。

我没有回答。

"你在生小孩儿吗?"

我还是没回答。其他人穿的鞋子应该跟我差不多吧?

"还是在拉肚子?"

"我猜他在挑战吉尼斯世界纪录。"韦斯利的声音响起,"拉大便拉最久的人。同学们,防毒面具准备好。"

尼克笑了。我听见门开了又关的声音,以为他们走了。上课铃响的时候,我走出来,他们两个竟然双手抱胸站在我面前。

尼克看到我手上的袋子,"罗大呆,你在搞什么?"

"没搞什么。"

"袋子里是什么?"

"没有。"

"嗯,那就不怕我们看咯,对吧?"他靠过来,韦斯利跟在后面。

"谁敢碰这个袋子,他就死定了。"

韦斯利迟疑了一下,应该是没想到我会这么说,尼克还是不放弃。

"机会之屋。"我说,尼克突然定住不动。"你再过来,我就跟韦斯利说机会之屋的事。"

韦斯利转头看尼克,尼克的嘴都气歪了。"你不怕死,"他说,"咱们走着瞧!"说完他就走了。韦斯利困惑地看了我一眼,转头跟着老大离开了。

接下来的一整天我都非常小心,不让自己落单,也不让袋子离开我手边。放学铃声一响,我马上冲出教室,跑得比逃离地狱之火还快。就连雷小姐在我背后大喊,我都没停下来,"罗伯特同学,你马上给我回来,要走着穿过操场,否则……"

我没听到她后面讲了什么,因为我已经跑完半条街了。我一直跑回家才停下来,妈妈给我开门,说茶放在桌上,但我只想缝衣服,茶凉了我都没喝。

"要是不想吃饭就早说话,"妈妈说,"想吃凉的自己去冰箱拿。"

我没有应她,因为我正在专心缝一块很难缝的地方,把纯白羽毛缝在两根深灰羽毛中间。

"你越来越像你爸了。"妈妈说。

我还是没有应她。她开口又想说什么,但这时电话响了。

"喂?"她生气地说,"说曹操曹操到。嗨,尼格尔。"她听了一会儿,接着握住话筒喊我,"爸爸要找你。"

"跟他说我再打给他。"

"什么?!"我妈尖叫。

她尖叫的时候,我有充裕的时间思考自己的过错。这个错显然不小,竟然说我再打给他。我为什么会这么说?第一,因为我现在缝到的地方很复杂;第二,我不想让我妈觉得我有时间跟爸爸讲电话,却没时间吃她煮的晚饭;第三,爸爸自从上星期六爽约之后,就一直没打电话来,所以我不觉得应该对他好;第四,也是最重要的一点,我现在需要全心全意做一件更重要的事,那就是拯救一个人的生命。

"罗伯特,"我妈尖叫,"你着魔啦!不要再缝了,马上过来!"

"缝?"我听到话筒里传来我爸的声音,"缝纫?!"

我把线缠好,放下衣服,接过我妈手上的话筒,我真怕她要发羊痫风了。

"喂?"

"嗨,罗伯特。"

"嗨,爸。"我和我爸的亲密对话又开始了。

"你在干吗？"

"有事。"

"你好像在缝东西。怎么了？"

"没事。"

他叹了口气，"下星期怎么样？星期五？"

"星期五干吗？"

"看你啊，罗伯特，我想去看你。"

"不行啊，爸，对不起。"

我妈突然捏了我的手肘，嘴巴一开一合的。

"没办法，"我这么说主要是为了我妈，"我很抱歉，那天有分享会。"

"分什么？"爸爸说。

"我参加了一个老人计划，所有人都要出席，是学校的活动，我不能不去。"

"我不是说上课时间，"爸爸说，"反正我七点之前也不可能有空。"

"就是那时候，"我坚定地说，"晚上七点。"

"也不差你一个，"我妈在旁边嘀咕，"就破例一次嘛，罗伯特，拜托。"

"没办法，真的很抱歉。"我对着话筒说，"再见。"说完我把话筒递给妈妈,她嘴巴张得大大的,好像要逮苍蝇一样。我拿起衣服和缝纫工具就上楼回房间了。

上楼的时候,我听见他们两个在讲电话。讲我缝衣服的事,讲我有多沉迷,讲我以后一定会变成疯子,而这都是我爸的错。起码从我妈的尖声嚷嚷里听到的感觉是这样。如果他多关心我一些,我就不会变成现在这个样子。她一个人要怎么面对,既要赚钱养家,还要防止我变成疯子?

当然,我听不到我爸回答什么,但我想他应该会说:要是他不想我去看他,要是他迷上什么东西,我去看他也没用。另外,关于钱的事你说得不对,我一直在寄钱给你们。再说你难道不知道,我现在还有另外一个家要养?废话,她当然知道!砰,挂掉电话。

我听见她在哭。当然,我没办法假装没听到,于是下楼跟她说对不起。之后,我把冰冷的晚餐吃完,对她说很好吃。但老实说,冷得像石头的意大利肉酱面实在不怎么可口。接着我说我有功课要做,就回房了。过了一会儿她上楼来,坐在我床边。我可不是笨蛋,一听到她上楼的声音,我就把羊毛衫塞到棉被底下,拿起书来读。她的注意力显然比我好不到哪儿去,因为我低头一看才发现,自己竟然把书拿倒了。

"医院刚刚打电话来,问我可不可以接七点的班。"她说,

"你一个人在家没问题吧？"

"当然没问题。"重点是"她"没问题吧？早班接晚班,昨天晚上只睡了不到五小时,难怪会累到筋疲力尽。

"我刚刚说话很大声,对不起。"她说。

"没关系。"

"你应该知道我爱你吧？"

"嗯。"

"爸爸也爱你。"

我没有回答。

"真的。"

"嗯。"我说。

她揉揉我的头发,好像我还是个小婴儿。"答应我准时关灯睡觉？"

"我保证。"

"好,再见了,宝贝。"

"再见,妈。"

我听到楼下热水壶在响,她一定在煮咖啡。通常她觉得医院会很忙的时候,才会煮咖啡。几分钟之后,我听见前门砰的一声关上了。

机会来了。如果我要信守准时关灯的承诺,就得马上出门才行。我已经缝好两只袖子和左前襟，但右前襟需要更多的白羽毛，而后襟还是稀稀拉拉的。但我一直在前进，这点要让艾迪丝太太知道。

我顺着羽毛的方向把衣服小心地沿长边折好。它已经没办法横折，开始有自己的生命了。它已经不是那件粉红色的晨衣了，你几乎看不到原本的粉红色。它已经变成了一只鸟，一只羽翼渐丰的雏鸟。

我把羽毛衣收进塑料袋，便出门走进暮色里。从学校到赡养院，我们都是搭巴士，但距离其实不远，如果你知道捷径就更快了。傍晚很美，天空清朗，星光点点，完全不像我和尼克去机会之屋的那个晚上。我在大街小巷穿梭，赡养院里唯一的麻烦就是护士长，但是我一点儿也不怕她。赡养院又不是监狱，不会拒绝访客，更何况他们很欢迎、很需要访客。这段路花了我大概半小时，我的脸都冻僵了，但心里却像有团火在燃烧。我觉得很开心，充满活力。

赡养院大门旁边有电铃，是给新访客用的，病患亲友则是用安全密码进出。凯瑟琳上一回按密码的时候，我特别留意了一下，她按的是1917，我猜可能是其中一名病患的出生年份。我按了密码，门吱的一声打开了，我马上闪身进去，放轻松沿着走廊前进，直接开门进入艾迪丝太太的房间。

她当然在睡觉,呼吸很轻,但看起来很不自然,就像躺在玻璃棺材里的白雪公主。有人还趁她睡着为她梳头发,头发整齐得有点儿离谱。

"艾迪丝太太。"

她没有回答。

"艾迪丝太太,"我大声一点儿,"我是罗伯特。"

"嗯?"她的回答仿佛来自远方。

"罗伯特,我是罗伯特。"

"哦。"她的声音又飘走了。

"我已经缝好衣服了。嗯,应该说开始缝了。在这里,我把它带来了。"

"啊?"

我把羽毛衣拿出来,放到她搁在床边一动也不动的手上。我用其中一根柔软的白羽毛搔了搔她的手指,她手抖了一下,便张开手掌抓住它。抓住,松开,然后轻轻抚摸。

"你真是个好孩子。"她说着睁开了眼睛。

我把羽毛衣举高,让她玻璃似的眼睛看毛茸茸的前襟、灰白色的袖子和厚实的短羽毛。

"真美。"她说。

"还没做好。"我急忙说。

"真美,"她又说了一遍,"让我……"

我把羽毛衣拿到她手边,让她捧着,让她抚摸。她吃力地挺起身子,好让自己看得更清楚,更好地感受衣服的质地。摸过羽毛衣的她手脚似乎变得更灵活了,这难道只是我的错觉?她翻过羽毛衣,感受它的重量。这时,她整个人几乎坐直了,我完全没有帮她,她的眼神里也没有流露出任何痛苦。

"什么时候能做好?"

"很快,"我说,"很快很快,我白天晚上都在赶工。"

"愿神保佑你,罗伯特。"她笑了,苍白的脸庞顿时亮了起来,仿佛有人用火柴点亮了她内心深处的蜡烛。真希望恩尼斯在这里,能看到她现在的脸庞。

"很暗吗?"她突然问。

"什么?"

"外面,"她说,"外面很暗吗?已经晚上了?"

"对。"

"是晴天吗?有没有星星?"

"是晴天,也有星星。"

"那就带我出去。"她说。

我没有马上回答,因为我不知道要怎么带她出去。这时,她又说了几个字:"求求你。"

那一瞬间,我知道就算移山倒海,我也要带她去看看星空。

"那里有轮椅。"她简短地说。床边有一把轮椅,我之前都没注意到。她掀开被单,露出身上单薄的白色纯棉睡衣。

"外面很冷哟。"我说,语气有点儿像我妈。

"我有毯子。"她说。

床比轮椅高,我不晓得怎么把她从床上扶到轮椅上。但她不用我费心,双腿一甩就越过了床缘。他们是不是给她吃太多止痛药了,还是那件羽毛衣起作用了?她双手还是牢牢抓着那件衣服。

"弄近点。"

我松开轮椅的刹车,把它推到床边。

"用手扶着我的腰。"

我照做了,感觉她比一只麻雀还轻,我扶她坐上轮椅。

"拿毯子过来。"

我突然发现这是头一回我跟她在一起,她没有发脾气。她那么冷静,那么和善,感觉真奇怪,却也很温馨。

我在她身上裹了四条毯子,包住膝盖和肩膀,让她像虫茧似的被温暖包围着。羽毛衣收在毯子底下,她紧紧握着。

"现在,"她说,"可以出发了吧?"

可以了。我用身体顶住门,好把轮椅推出房间。

"左边,"她命令我,"往左!"她语气里是不是带着一丝急切?还是她像我一样,知道有可能遇到护士长?我快步推她通过走廊,感觉好像越狱的逃犯一样。

"走防火门,那里没有警铃,推开就好。快!"

我停住轮椅,用手去推门把手,门应声打开。冷风立刻迎面袭来,但我只看到她鼻孔大开,深吸了一口气,仿佛她已经好多年没有呼吸到夜色了。

"出去,"她说,"快!"

我推她出去,防火门在身后静静关上。这里是赡养院的后面,几条平坦的水泥小径,几处附近窗户透出的微光,几株散布在光秃秃地上的植物,还有一张木头长条椅。我很快发现,这些尘世间的东西丝毫引不起艾迪丝太太的兴趣。她整个人往后仰,脖子抻长,下巴抬高,目光向上,望向无垠的夜空。艾迪丝太太的身体已经脱离了轮椅,脱离了这世界。她已经飞离水泥小径,不停地往上,直直朝遥远璀璨的星星奔去。

"艾迪丝!"我大喊。

"怎么?"她说着转过头来,脸上神采奕奕。接着,她说:"不会太久了。"她双眼深邃,晶莹闪烁,仿佛两汪夜空和那些星星已经封存进她的脑海。我很想拉她回来,不管她游离在何处,就好像尼克想把我从机会之屋的窗边拉回来一样。但是艾迪丝不想被拉回来,和我那时候一样。艾迪丝很快乐,我也是。我们都很快乐,沉浸在属于我们的夜色之中。

"我爱你,罗伯特。"她说。

我没有说"我爱你",因为我不可能那么说。但我还是听见一句"我也爱你"。我不晓得是谁说的,是我还是恩尼斯。但我想应该不是他,因为他破门而出的时候,嘴里说的是:

"哦,我的天哪,艾迪丝,艾迪丝!我到你房间去,你不在,我以为……我还以为……"

艾迪丝看他冲过来,便扬起手指着我说:"他回来了。"

恩尼斯说:"是的。"

艾迪丝看着她丈夫,试着集中心神。"你也回来了。"她说,语气里带着不小的惊讶。

"我从来没有离开过。"他说。

我猜他应该会低身吻她,也许她会接受这个吻,可什么都还来不及发生,护士长就从防火门冲了出来。

"你们都疯啦!"她说。

"再也不疯了。"艾迪丝说。

护士长没有回嘴,部分原因是恩尼斯后来跟我说,赡养院的人已经四天没听到艾迪丝开口说半个字了。

但她显然需要有人当出气筒,而我就是最明显的目标。

"你！"她破口大骂,"又是你！"

"带我进去吧,罗伯特。"艾迪丝太太说。我照做,恩尼斯静静地跟在我们后面。

"她可能会死在外面。"护士长把防火门关上,继续说道。

"我觉得不会。"说话挺我的是恩尼斯。

我们推着轮椅,将艾迪丝送回房间。

"我们做得来,谢谢你。"恩尼斯对护士长说。护士长虽然一肚子火,但也无可奈何。没有人需要她,也没有人想看到她。她离开了。

我和恩尼斯一起把毯子拿开,扶艾迪丝回床上。她手里还抓着那件羽毛衣,合起双眼,看起来筋疲力尽,却非常平静。

"我要回家了,"我说,"我答应妈妈要准时。"

"你说得没错。"恩尼斯说,"你真的让她好起来了。"

"是羽毛衣的作用。"我说。

"是你。"恩尼斯说。他将羽毛衣从艾迪丝手里轻轻抽出来,递给我。

"它做好之后会更棒。"

"有可能。"他说,"要快点再来哟,罗伯特。"

"好,"我向他保证,"一定会。"

14

你知道记仇有多伤人吗？而且这伤害远比你心中的怨恨还要大？起码大人们都这么相信。雷小姐就是会记仇的人。今天早上就是这样，对我。我猜应该跟上星期五的操场"否则"事件有关，就是我一直跑没停下来的那天，记得吗？今天报应来了。

星期一早上虽然天气不错，宽宏大量的雷小姐却已经因为我不知道加纳首都在哪儿，用粉笔戳我的脖子（她又不是地理老师，我实在不晓得这关她什么事。不过或许你们有兴趣知道，答案是阿克拉）；又因为我玩书包，对我大吼大叫，我只是检查羽毛衣而已；还在我英文作业上批了"字迹潦草"四个字。说我字迹潦草我是不介意啦，老实说，我是写得很匆忙，因为我想起作业的时候已经半夜了，我是躲在棉被底下写的。但你们应该看看雷小姐自己写的是什么字，感觉就像两只喝醉酒从墨水瓶里爬出来的蜘蛛在纸上跳舞留下的痕迹。总之，这些都无所谓。但我怎么也没想到雷小姐竟然在放学铃声响起之前说：

"同学们,等一下。有关赡养院的作业,我刚才说过,凯瑟琳已经在美术教室里等你们把做好的漂亮作品交给她,做成大墙报。你们用膝盖想也应该知道,凯瑟琳拿到作品才能开始动手。"雷小姐停了一下,又说,"你们听懂了没有?"她环顾教室,"罗伯特?"

"是,雷小姐。"

"你交作业了吗?"

"嗯……"

"嗯是交了还是没交,罗伯特?"

"嗯……"

"快点告诉我,罗伯特。"

"嗯……"

"那就是没交咯。"

"是的,雷小姐。"

"哇,有人终于开口了。罗伯特同学,你没交作业是因为我叫你做什么你都不做,还是因为你这个人就是懒?"

"懒,雷小姐。"

"所以,你一定不是还没做完咯,罗伯特?"

"嗯……"

"长话短说,小天才,你的赡养院作业到底完成没有?"

"嗯……没有,"我说,"还没。"

"谢谢,罗伯特同学。那你知不知道为什么班上其他同学都做完了,你还没有?"

我没有回答,反正我答了雷小姐也听不懂。这时,尼克趁机插话说:"因为还没开始做,所以当然没做完啊,雷小姐。"

班上的人都在偷笑。

"我不记得有问过你,尼克同学。"雷小姐马上接口。我以为我脱离险境了,不料雷小姐竟然转过头来对我说:"我猜尼克说对了,是吧?"

"对!不对!我是说……我已经开始做了。"

"开始?"

"不,不是开始……是做了……"

"你到底做了什么,罗伯特?"

"嗯……"

"罗伯特!"

"做了点东西。"

"东西,"雷小姐重复一遍,"你做了点东西。"

"跟罗伯特一组的老人生病了。"凯特说。

"我想也是,"雷小姐说,"我应该猜到才对。好吧,罗伯特,能不能请你把你做了一点儿的东西拿到美术教室去呢?还有,罗伯特同学,我可以请你'现在就去'吗？"

铃声响起。

我拎起书包。我已经别无选择,只能寄希望于凯瑟琳了,她很会讲故事,应该会理解,对吧？她一定理解羽毛衣不能贴到墙报上,对吧？

"我说,你还好吧？"问话的是凯特。

"哦,我很好。"

"韦斯利说有事情不对劲。"

"是吗？"

"他说尼克自从跟你去过机会之屋后,就变得不一样了。"

"哦？我觉得他没什么变化啊。"

"韦斯利说你也不一样了。"

"别管我,凯特。"我没想到自己竟然会这么说。不久之前,凯特只要朝我这里瞥一眼,我就会开心整整一个礼拜。要是她能像现在这样离我这么近,而且这么关心我,我肯定会喜出望外。也许我真的变了,也许我只是累坏了。一想到这点,我两条腿就像铅块一样沉重。我拖着脚步走到美术教室,一路上只想闭上眼睛好好儿睡一觉。但是没办法,我的脑袋就是静不下来,硬是帮我把眼皮撑开。

美术教室的门半开着。我振作精神,把门推开。教室里没有人。后面的桌子全都移开了,好让凯瑟琳摆墙报。六块墙报板被分成两堆,每堆三块,放在地上。我之前并没留意其他人做了什么,所以目光马上就被第一块墙报的颜色和图案吸引住了。墙报完成了四分之三,画的是天堂花园和艾伯特的智慧小径。花园里印满树叶和手掌,还画了很多鸟:有麻雀、知更鸟、一只鹦鹉,还有化身成天使母鸡的马薇丝。小径的石头上写了歌词、往事和对未来的期望。"等我到了八十岁,"韦斯利是这么写的,"还是会支持曼联足球队。"另一块石头上是老人颤抖的笔迹:"我不配拥有此生。"下面是另外一个人的字:"错了,你当之无愧。"

第二块墙报完成的部分比较少,不同于第一块以棕色和绿色构成的大地和花园,第二块充满了童话色彩,到处都是金色、银色和耀眼的蓝色。左手边是一位戴手套的王子,用手捂住嘴。这一看就知道是尼克画的哑巴王子。跟尼克其他作品一样,他笔下的王子依然充满精细的美感,让人着迷。一群平民围在王子身边,献上他们的智慧话语,每个人头上都有一个对话框:"人小耳尖,就是这样。""就算不能转好,也千万不要转坏。"

第三块墙报上画了一张羊皮纸卷,像小路一样把三块板连接起来。最左边的墙报上,凯瑟琳用工整的字迹写着:

就在国王和王后快要放弃希望,觉得不可能让王子开口说话的时候,附近森林里来了一个女孩子,自告奋勇做最后的尝试。她请教过爷爷奶奶之后便跟王子讲了一个故事……

中间的连板上讲述了年轻女孩讲的故事。火鸟的故事,跟艾迪丝讲的几乎完全相同,一字不差。更夸张的是,故事上方留了一块空白,形状大小就和羽毛衣一模一样,仿佛羽毛衣就是从这幅拼图上裁下来似的。我的心开始怦怦跳,就像那天爬上机会之屋顶楼一样。我好像分裂成两半,一半很想把羽毛衣放到空白的地方,一半又不想。但整个的我只想把故事读完。

"我想问一个问题,"年轻女孩说,"那个女的又重新找回了羽毛衣,接下来她该怎么办?"

突然,哑巴王子开口说话了。

故事到这里戛然而止,第三块墙报上的羊皮纸还是空白的。

"罗伯特。"

"凯瑟琳!"我猛然转身,但身后不是凯瑟琳,而是凯特。

"怎么样了?"我大吼。

"什么?"

"故事,凯特。故事后来怎么样了?她走了吗?飞走了?她离开小男孩了吗?"

"你在说什么啊,罗伯特?"

"火鸟的故事啊,凯特！火鸟的故事,后来怎么样了？"

凯特走到我身边,读完墙报上的字。"就这样,凯瑟琳就只讲到这里。"

"凯瑟琳讲过这个故事？"

"对啊,我们上回去赡养院的时候,你也在啊。"

"我不在,我去找艾迪丝太太了。她给我讲了一模一样的故事,真的！"

"是吗？"

"艾迪丝太太也停在同样的地方,没有继续说下去。故事还没有讲完,也没有说到故事的结尾。"

"结尾是什么可能没那么重要,不是吗？我的意思是,那个女孩子让王子开口说话了,这不是重点吗？"

"不,不是！那才不是重点！"

"那重点是什么？"

"重点是……她会不会死掉。"

"什么？"

"她会不会死掉。"

"谁？你在说谁？这个故事根本没有提到死啊。"

"这根本不算故事。"

"好吧,这不算故事,其实根本不是故事,是花盆。"

"我不是在开玩笑,凯特。"

"我没说你开玩笑。"

"你觉得我是疯子,对不对?"

"我可没说过。"

"我妈说过。罗伯特着魔了,他发疯了。她在电话里跟我爸讲,你儿子疯了。但是你神志正常,凯特,你要看证据。给,证据在这里。"说完我从书包里拿出塑料袋,把羽毛衣拿出来,放在火鸟故事上方的空白里。大小很合适,刚刚好。

"这到底是……哇!"凯特蹲下来看,"你从哪里搞到的?真是太漂亮了。"

"我做的。"

"你做的?!"她忍不住伸手过来,先碰了一下纯白的羽毛,接着整只手埋进深色羽毛里。"真漂亮,"她又说了一次,"感觉好像,好像……"

"活的一样。"我说。

"没错,像一只活的鸟。"她抬头看着我,"摸起来好暖。"

"嗯,我知道。"我真的知道,虽然我刻意当作没发现,假装温暖只是因为羽毛的重量。也许真的是羽毛的重量,或是层次,或是……可凯特也感觉到了。我蹲在凯特身边,伸手放在她的手旁边,碰到她白皙纤细的手指。

"对不起。"我说。

"为什么？"她的手没有移开。

"……为一些事情。"

"你愿意告诉我这到底是怎么一回事吗？"她微笑，笑容里夹杂着希望和焦急，但仍有酒窝，我看到了。我当然想告诉她，可还没来得及开口，尼克就进来了。他看看我，看看凯特，看看羽毛衣，然后说："原来这就是你在搞的把戏。"

话很简单，但他言语之间却充满毒蛇般的恶意。我跳起来，挡在羽毛衣前面，仿佛想要保护它。

"你计划了很久，对吧？你那天在厕所里，就是在搞这个吧。"

"我不知道你在说什么。"

"你不知道才怪！"

"真的，尼克，我不知道。"

"好吧，那我来帮你说好了。我说的就是那堆臭鸡屎。"他指着我身后的羽毛衣。

我抓起羽毛衣，紧紧抱在胸前，"这件事跟你无关。"

"真高兴听你这么说，罗大呆。因为我也花了很多时间和力气做火鸟羽毛衣，是凯瑟琳特别指定我做的。镇上的报社编辑说他想拍一张天才作者和他的羽毛衣作品的合照。我可不想最后关头有个浑蛋用一堆鸡毛抢走我的风头。"

"是鸽子毛,"我说,"还有海鸥。"

"嗨,尼克,你完成了吗?"凯瑟琳一阵风似的走进教室,长长的裙摆像漩涡一样,手里拿着一大罐胶水。

"好了,"尼克说,"我弄好了。"

"那好,给我们看看吧。"

尼克从手臂下拿出一卷纸,他把纸摊开,红色、黄色和金色跃然在我们眼前,是一幅生动的画。他画了一件金羽衣,跟童话里的火鸟羽毛衣一样,细致而华丽,但在我眼中却毫无生气。

"哇,"凯瑟琳说,"画得太棒了,颜色真美!"

"谢谢,"尼克说,"谢谢大家。"他鞠了一个躬。

"接下来呢?"我问凯瑟琳。

"接下来?把尼克的画贴上去,我猜。"凯瑟琳开心地挥挥手里的胶水。

"不是,我是说火鸟的故事。后来……"我指着最右边的空白墙报说,"怎么样了?"

"故事高手都会留一手,制造悬疑气氛。"凯瑟琳用手指点点鼻侧,"分享会那天就会真相大白啦。"

"不行,"我说,"你不了解。我必须现在就知道。那个女的飞走了吗?她会离开小男孩吗?"

"谜题,谜题。"凯瑟琳笑着说。

"告诉我!"我大喊。

凯瑟琳把胶水罐放下来。"一个故事,"她说,"可能有很多个结局。"

"但这个故事的结局是什么?"

"那要看讲故事的人是谁。"她说。她看我还想反驳,就认真地补充一句,"你不但要听故事,还要听讲故事的人。"

"什么意思?"

"这个故事来自北美洲的克里族和易洛魁族原住民,但也来自所有讲过和听过这个故事的人。"她意味深长地看着我说,"是谁给你讲这个故事的呢,罗伯特?"

"艾迪丝太太。"

"那就是了。"

"你是说我应该去问她?"

"这么做不好吗?"

"不会。"我说着伸手去拿塑料袋,开始折羽毛衣。

"这是什么?"凯瑟琳问。

"没什么。"

"是一堆鸡大便。"尼克说。

"给我看看。"凯瑟琳说。

"不要。"

"给她看看。"凯特说。

"不要。"

"拜托了。"凯瑟琳说完靠过来,伸出手想要碰。我让她碰了,看着她的手指顺着羽毛起伏。

"是你做的吗?"

"嗯,但是还没做好。"

"真是太特别了,"她说,"感觉好像……"

"活的一样。"凯特说。

"没错,"凯瑟琳说,"确实很像。"接着,她转头问我:"这是你故事的一部分吗?"

"对,我和艾迪丝太太的故事。"

"所以你也要讲故事咯?"

"也许吧。"

她点点头,又开始专心审视那件羽毛衣。"这件衣服真的很棒,你看那缝纫的功夫、设计、外观和质感。"

"其实,"尼克说,"罗伯特是天才。"

"没错。"凯瑟琳说,"我也这么觉得。我们一定要把他的作品放进来,尼克你说呢?两件羽毛衣,不是很好吗?"

"但故事里只有一件。"

"嗯,但要看是谁的故事,对吧?"凯瑟琳说。

"我的是金的。"尼克说,"是真正的'金'羽衣。"

"但你先要问问自己'金'是什么?"凯瑟琳说,"金的意义是什么?仅仅是漂亮的、华丽的和珍贵的?"

"没错,"尼克说,"所以鸡毛当然不算。"

"别这样,尼克。"凯瑟琳说,"你眼光很好,你自己看。"

"我在看啊。"尼克说,"它那么脏,又有味道,而且是用死鸟羽毛做的,给卫生署检查一定不会过关,更不用说护士长了。"

"就算它有味道,"我说,"也是玫瑰的香味。但你别担心,尼克,我不会跟你抢。你想把画放中间就放中间,想当主角就当主角,我才懒得管你。我不会让这件羽毛衣放到任何地方。"

"等一下,"凯瑟琳说,"如果这是你和艾迪丝太太一起做的,是计划的作业,那……"

"不是。"我说着急急忙忙将羽毛衣收进塑料袋里,"抱歉。"我听得出自己语气里的焦急,尼克也听出来了。

尼克肯定不会放过我。"别这样嘛,罗大呆,这么好的作品,这么天才的杰作应该让所有人欣赏才对。我说得对不对,对不对?"

"抱歉。"我说。我不应该揶揄他的,我干吗要说"主角"什么的,干吗要说我一点儿都不想把羽毛衣放到墙报上?"我的意思是,我还没做完。"

"其实只剩背后还需要加工一下。"凯瑟琳说。

"没错。"尼克说,"没关系,反正背后要上胶的,对吧?"说着他拿起那一罐胶水,站在门前,挡住我的去路。"凯特?凯瑟琳?"

"算了吧,尼克。"凯特说。

"什么?"尼克往前踏了一步,"你们舍得让罗大呆被埋没?不让全世界媒体知道这里出了达·芬奇第二?别拒绝了,罗大呆,把东西交出来吧。"

"我觉得我们不应该强迫罗伯特。"凯瑟琳说。

"一点儿都没错。"尼克邪恶地笑着说,"他一定会跟大家分享的,对吧?我们做这些作业不就是为了这个吗,凯瑟琳?为了分享。"他挥挥手上的胶水,"所以我相信这堆鸡大便一定是要让我们欣赏的。"

就在这时,我决定逃跑。尼克挡住门,于是我爬到桌子上,心想这样就能躲过他了。没想到他像鞭子一样一下子就跳到桌子上,张牙舞爪地朝我逼近,脸上露出狰狞的笑。没错,他个子是比我高,速度也比我快,但我手上有东西不能失去。我有两个选择,要么退到墙边,要么往前跳。

我跳了。

我像跳芭蕾舞一样,在空中旋转了一圈,越过写着童话的墙报,优雅地落在凯瑟琳的脚边。她倒吸了一口气,我停住跟她说"对不起"。但我错了。我能跳,尼克也能跳。凯瑟琳又倒抽了一口气,尼克没有说对不起,而是一把抓住我手上的塑料袋。

"放手!"他说。

"不要!"

"我说放手,羽毛男孩!"

我们俩僵持不下,无可奈何的凯瑟琳在一旁轻声说:"住手!你们两个,马上住手!"

尼克死命拉,我拼命抵抗。塑料袋应声裂开,尼克的手碰到羽毛衣,想把它扯过去。他扯了艾迪丝太太的羽毛衣,突然,我心里涌出一股愤怒的力量。

"你敢!"我大叫。

尼克笑了,手更用力地拉扯。他没有抓牢,只有一只指头抠住一根羽毛,白色的羽毛,是我在海边找到的那根,我把它缝在从机会之屋顶楼拿到的灰色羽毛上面。我知道我缝得很牢,尼克不可能扯得下来,不可能。我觉得只要拉一下,衣服就会回到我手里。我拉了,但他已经抓住下面的羽毛,而且是双手抓住。我听见"啪"的一声。

"我要杀了你!"我大吼。

他以为他拿到了,结果没有。羽毛管不让他抓牢,虽然弯了，但是没被折断。于是他开始硬扭羽毛的部分。我应该放手，让他把衣服抢过去，但是我办不到，也不肯。所以他继续扯继续扭，直到羽毛断裂。海鸥的白羽毛和机会之屋的灰羽毛，都被他抓在手上。

我赏了他一拳。各位读到这里应该都知道，我既不强壮又不喜欢暴力，但我就是出手了，像石头捶橡皮一样狠狠攻击尼克。他越反抗，我就越打，打他的橡皮头、橡皮脖子、橡皮胸脯和橡皮手臂，踹他的橡皮腿。我一直打一直踹，直到他不再反抗为止，我打到他躺在地上，动也不动。

血从他的鼻孔流了出来，是前额？还是眼睛？房间里有人在哭，是凯特。泪水从她脸上簌簌滑落，我看了看自己。教室里简直是一团乱，椅子都翻个了，有五六把跑到不应该在的地方，还有一把的椅子腿直接撞穿童话墙报正中间的展板。一定是有人丢的，应该不是我，但从凯瑟琳脸上的表情判断，也有可能是我。她和雷小姐站在门边走廊上，全都吓得说不出话来。

不过，雷小姐还是开口了。"去叫救护车。"她对凯瑟琳说。接着她大步走过教室，一把将我从地板上抓起来。"你再怎么解释，"她说，"都没有用了。"

说完她就把羽毛衣拿走了。

15

　　结果他们没有叫救护车，因为尼克自己站了起来。但他还是得去急诊室，因为右眼上方的伤口太深了。帮尼克处理伤口的是华生小姐，我知道这些是因为她是我妈的朋友。尼克跟华生聊天儿的时候，说他是被一个叫罗伯特的疯子打成这样的。华生就把这件事告诉了我妈，我妈说尼克一定在说谎，她儿子不可能打人，尤其不可能打尼克。我妈显然已经有点儿火了，她已经受不了这个叫尼克的小孩子，决定找一天到学校把事情彻头彻尾搞清楚。这时有人转告她："你儿子学校打电话来，说他被罚冷静反省，你要不要去学校接他？"

　　你们一定猜测她会生气，我也觉得她会生气。但我没想到，看到她的时候，她脸上的表情竟然是惊慌和恐惧，仿佛她在内心深处相信，她儿子这回真的失控了。就是她这副表情，这份恐惧让我找回了理智。在此之前，我坐在校长室旁边阴暗的小房间里，心飘飘荡荡，游离在身体之外。好多人在说话：教导主任、校长和雷小姐,连凯瑟琳都在。他们一直说话,一直讨论,一直在想是怎么回事。他们问我问题,我就回答。我记得他们好像问过我有没有觉得抱歉或难过,可说老实话,刚才那两小时我几乎没什么感觉,对自己没感觉,对尼克也是。但我一看到妈妈的脸,我就想说对不起了。

"妈,对不起。"

我看见她脸上的惊恐消退了一些。她走到我身边,伸手搂住我,然后像母狮保护小狮一样厉声说:"我们家里的事让罗伯特很不好受,跟其他人无关,是我的错。"

教导主任"嗯哼"了一声,之后校长开始发言,他说他知道我是出于自卫,但因为我过度攻击同学,就算不考虑破坏学校公物的责任,校方也别无选择,必须罚我暂时停学。学校会发函通知停学时间,但应该不会少于一星期。校长他们又讨论了一会儿,教导主任不时提到"教导"两个字。最后,我妈终于开口了:"罗伯特看起来很累,我可以先带他回家吗?"

下午才过一半,但妈妈帮我热了一杯牛奶,然后要我上床睡觉。我睡到晚上八点才起来,她什么话都没有说,只问我三明治里面要夹什么。吃完我又去睡,一直睡到转天早上。

早餐的时候,她一反常态地坐在我旁边,说:

"你现在可以告诉我昨天到底发生什么事了吗?"

然而，我发现她其实不想听这些。但除了这些,除了事实,我也没什么好说的。我试着跟她讲，她却惊呼："可恶的羽毛衣！"我告诉她,就算羽毛衣很可恶,却能救艾迪丝太太一命,所以尼克扯它、破坏它,就好像在谋杀艾迪丝太太一样。但我这么说,显然让她眼神里再度出现昨天的惊慌与恐惧。

"我要打电话给你爸。"她说完就拿起电话,按成对讲机模式。

现在才早上七点五十分,接电话的是爸爸的新太太。"我有事要跟尼格尔说。"妈妈说。琼(就是我爸的新太太)很不高兴,她把话筒递给我爸的时候,我们在电话这头都听得到他们的不悦。

"你现在打来不方便。"爸爸说。

"我什么时候打来你都不方便。"妈妈说,"昨天下午我接到你儿子学校打来的电话,我又方便了？他们要我去学校接他,因为他打了一个同学,被暂时停学了。"

"什么?！"我爸大喊。

"你听到啦。如果你想知道得更详细,最好亲自过来一趟。"

"安妮,你这样真的让我很为难。你明明知道我要星期五之后才有空,但罗伯特那一天有……有事。"

"没了,他没事了。"妈妈说,"学校他不去了,分享会也不去了,所以星期五可以。那就到时见咯。"说完她就把电话挂了。

"什么?!"这次该我喊了。

"你爸星期五过来。"

"可我有分享会!他们又没说我连分享会也不能去。"

"据我了解,打架就是因为分享会的关系。"妈妈厉声说,"我觉得他们不大可能请你回赡养院大开杀戒,我说得对吧?"

"但我非去不可!"

"抱歉,罗伯特,你不能去。"

"他们又没有说到分享会,没人说过!"

"好吧,是我说的。你不但被停学,还被禁足了,小家伙。就算他们准你去,我也不准。就这样,没有商量的余地。现在最重要的,就是跟你爸见面。"

"别这样对我,别这样对艾迪丝太太!"

"罗伯特,你看着我……"

我看着她。

"再过五分钟,我就要去上班了。如果我不去,我是想过不去,工作可能就没了,我的理智可能也就没了。工作没了,我们两个都会没饭吃。所以,罗伯特,我要你答应我,绝对不能离开房子,不能去学校,不能去赡养院。简而言之,就是不许出门。罗伯特,听懂了没有?"

"听懂了。"

"答应我。"

"我……"

"快点。"

"我保证不去……学校。"

"罗伯特?"

"好啦,好啦,我不是说了嘛。"

她穿上外套。"你还有功课要做,对吧?"

"嗯,十页数学题,好高兴哟。"

"好,我希望回家的时候,看到十页数学题都做完了。"

"你几点回家?"

"你以为我是谁,笨蛋吗?我随时都有可能回家。"她说,"我走了。对了,罗伯特。"

"什么?"

"我爱你。"

"知道了,妈。"

我看着她出门。妈妈虽然不是笨蛋,我也不是傻瓜。她通常值班八小时,来回路上要再各耗掉四十五分钟,如果下班时间是四五点之间,耗时会更久。所以我知道时间很充裕。我必须从尼克那里拿回两根羽毛,再到墓园和海边去找更多的羽毛。最重要的是,我必须去找艾迪丝太太,看她是不是还好。我答应过恩尼斯。既然我做这个承诺在先,它当然比我答应妈妈的要优先咯。更何况我之前就答应艾迪丝太太要做羽毛衣,而且,拯救一个人再怎么说都比遵守学校规定还重要,不是吗?

那为什么我穿夹克的时候会这么迟疑呢?已经八点十五分了,我还在门边犹豫,夹克要穿不穿的。这时,门铃突然响了,我整个人都跳起来。我妈说,要先从门镜看好外面是谁才能开门,但我没看就开了。是凯特。

"嗨。"她说。

"你好。"

"我能进来吗?"

不准我出门,可没说外面的人不准进来。"当然可以。"我说完稍微让开。凯特,有着令人难以抗拒的酒窝天使,走进我们家。

"我要去学校。"她说,我说过她家和我家方向刚好相反,所以她一定在说谎,"就想顺路过来看看你。"

"看我?"我带天使走进厨房,她在桌前坐了下来。"我很好啊。"如果酒窝天使终于到你家里,而且就坐在厨房桌边,你会觉得不好吗?

她挑了挑眉毛。

"我被停学了。"我又说了一句。

"嗯,我听说了。"

一阵沉默。

"尼克怎么样?"我问。

"我昨天晚上去看他了。"

"是吗?"我好失望。原来她也去看他了,而且还先去看他。

"他还好,身体没问题。但我觉得他吓坏了。"

又是一阵沉默。接着我问了一件一直困扰我的事,"他那时候为什么都不还手?"

"他有。"凯特有点儿惊讶地看着我,"起码他试过。你不记得了吗?"

"没印象了。"我真的没印象了。那天下午发生的事在我心里已经凝结成一个模糊的红点。

"他就是想不通,你比他强太多了。"

"我比尼克强太多?"

"是的,你变高了,我亲眼所见,你长大了。"

"艾迪丝太太也这么说,她说我长大了,但我以为她说的是心里面。"

"是心里面没错。感觉出手的不是你,是你身体里面的某样东西或某个人。你就好像大力士、超人,不管尼克怎么反抗,都赢不了你,仿佛全世界的力量都站在你那边。"

"打人是不对的。"我说。

"嗯,我知道,打人很可怕。看你那样子捶他,我心里面一直在想,这不是他的错,放过他吧……"她声音变小了,接着从书包里拿出一样东西,"给,这是给你的。"

是羽毛衣。

"哦,谢谢你,凯特。谢谢!"我把羽毛衣收到手边,"你不知道这对我有多重要。"

"我知道。"她说,"真的,我昨天亲眼看到了。对你来说,它不只是一件作品,不只是一堆羽毛,对吧?是另外的东西,更重要的东西。"

"对。"我说。

"你可以告诉我吗?"

"它是……是艾迪丝太太的生命。"我说。凯特没有笑。"我会打人就是因为这个,为了拯救她。"凯特脸上没有半点恐惧,于是我把所有事情都告诉她,和她倾诉,心中充满感激,感激她愿意倾听,让我有机会把这些话说出来。"所以你看,"我最后说,"我必须把羽毛衣完成,必须去参加分享会。"

她点点头。

"你是怎么把羽毛衣拿回来的?"我问。

"我跟雷小姐说凯瑟琳要那件羽毛衣,她要我来拿。"

"真不知道该怎么感谢你。"

"你已经谢过了。那,我还可以做些什么吗?"

"我还需要羽毛,墓园里的鸽子羽毛,或是海边的海鸥羽毛,越多越好。我必须尽快完成羽毛衣,我还需要尼克折断的那两根羽毛,起码灰色那根,就是在机会之屋捡到的那根。艾迪丝太太就是被那根羽毛激励的,我需要那根羽毛,凯特。"

她又点点头,然后说:"罗伯特。"

"怎么了?"

"尼克在机会之屋到底发生了什么事?"

"没什么。"尼克当时很害怕,但这一点似乎不再重要了。

"好吧。"她还不放弃,"那你呢?你出了什么事?是什么让你改变了?"

我耸耸肩。

"我觉得你好像在那里找到了什么东西。"

"没错。"

"什么东西?"

"羽毛,准确地说是三根。"

"我是认真的,罗伯特。"

"我也是,凯特。三根羽毛,也许还有……一点点信心吧。"

我看着她天使般的脸庞,"甚至还有勇气。你知道吗?我有时候会想,艾迪丝太太叫我去那里,就是要我去找这些东西吧。所以你看,我还是有一点儿疯疯的。"

"我就喜欢你有一点儿疯疯的。"说完她笑了。这一次,她的酒窝是特地为我出现,只为我出现。我的梦终于实现了,我就是湖边的小男孩,朝湖水扔石头,看水面出现酒窝般的涟漪。"我会帮你去找机会之屋的羽毛,"凯特又说,"还有那根白色的。"

"它们应该还在美术教室的地板上,"我说,"不然就是在垃圾桶里。"

"我会去看,我还会去问尼克。放学之后,我会到墓园和海边捡羽毛,你要多少,我就捡多少。"

"谢谢你,真的谢谢你。"

"我要走了,但我还会回来。等着吧。"

她离开之后,家里仿佛熄灭了一道光。我心里很不安,我想去找艾迪丝太太,立刻就去。但我必须很小心,还要动动脑子。现在最重要的就是把羽毛衣做完。因为有凯特帮忙,我可以不用出门。要是我出门被逮到,我妈对我的最后一点儿信任也会失去。如果我还想去参加分享会,就必须让我妈相信我。不然就换她待在家看住我了。

话说回来,我不能出门,但打电话总可以吧?赡养院有那种可移动电话,我见过,他们可以把电话推到艾迪丝太太床边,这样我就能从头到尾把事情告诉她,要她撑住,告诉她羽毛衣就快做好了,到时一切都会好起来的。

我在电话簿里查到电话,打过去,电话马上就有人接了,是护士长。我一下子就听出了她的声音。我的心怦怦跳,立刻又把电话挂上。我应该想到的,我应该事先计划好才对。于是我仔细想了一遍,决定再试一次。这回接电话的不是护士长。

"您好,"我说,"我想找艾迪丝太太接电话。"

电话那头沉默了一下。

"请问哪里找?"

"我是她侄子伊恩。"

"伊恩?"对方好像有点儿怀疑。

"伊恩·赖特。"我匆匆说。伊恩·赖特!我干吗用阿森纳足球队退役球员的名字?我到底在想什么啊?我紧张得不敢呼吸,但助理看护好像不记得这个名字是谁。

"你等一下,"她说,"我去找护士长来。"

怦怦怦,我的心脏又开始跳了。我应不应该挂电话?伊恩·赖特不会挂电话,勇敢的男孩也不会。我照看护说的,在电话旁等着。

"赖特先生吗?"说话的是护士长。

"我是。"我粗着嗓子说。

"我想您应该清楚艾迪丝太太的病情吧？"

"我知道。"我还是粗着嗓子，"我是想，嗯，因为我现在没办法去看她，所以我想或许能跟她讲个电话？"

"恐怕没办法，赖特先生，情况不大乐观。"

我的心漏了一拍。

"昨天吃午饭的时候，您姑妈她……陷入昏迷了。当然，情况有可能好转。但目前我必须告诉您，她的主治医生认为病情不是很乐观。"她顿了一下，我完全不知道该如何是好，"您需要留言，由我们转告恩尼斯先生吗？"

"不用，好，请您转告他……告诉他……会飞的小男孩会信守诺言。"

"您说什么？"护士长问道。

16

凯特真的没有食言,她带了一口袋羽毛给我,灰的、白的,全都很干净,毛茸茸的,而且是干的,干的!马上就可以缝到衣服上。

"这些够了吗?"她问。

"不够,我觉得不够,但还是非常谢谢你。"

"我会再去找,明天再去一趟。"

"机会之屋的羽毛呢?你找到了吗?"

"没有,我找过了,整间美术教室都找了。他们还没倒垃圾,羽毛被丢掉的话,一定还在垃圾桶里,可是没有。地上也没有,我每一寸都找过了。我还问了凯瑟琳,她说她什么都不知道。"

"尼克呢?"

"我要那两根脏羽毛干吗?"她学着尼克的语气说。

"你相信他吗?"

她迟疑了一下,"我不知道,但我想不出他有什么理由把羽毛留下。"

"战利品啊,就像印第安人会收藏头皮一样。"

"他都被打趴在地上了,应该不会想到这些吧?"

"因为他一定知道羽毛对我有多重要。"

"对羽毛衣也一样重要吗?我的意思是,把羽毛衣做完不就好了吗?"

"是啊,也许吧。"

"可是?"

她真厉害,凯特。没错,是有"可是",但我一直没说出来,就连我自己都不愿承认。

"说吧。"她说。

事情还在脑袋里的时候,可能很模糊,甚至被推到角落里,然而一旦说出来……

"告诉我。"她说着牵住我的手。凯特居然牵我的手!

"我打电话给赡养院,跟护士长通了话。"

"然后呢?"

"艾迪丝太太陷入昏迷了。"

"哦,天哪!"

"你猜她是什么时候不省人事的?"

"我不知道,罗伯特。我不想猜。"

"昨天吃午饭的时候。不是早上,不是傍晚,不是前天,就是昨天吃午饭的时候,就是我和尼克打架的时候,就是羽毛断掉的时候。"

我发现凯特一阵抽搐。"有可能是巧合。"她说。

"是啊,"我说,"有可能。"

前门有人插钥匙拧锁的声音。凯特跳了起来,把手抽开。我把那堆羽毛藏到椅垫下面。

"嗨,你好,凯特。"我妈说。

"您好,诺贝尔太太。"

"你怎么会大驾光临呢?"

"是雷小姐,"凯特慌张地说,"她要我拿东西来给罗伯特。您不会介意吧?"

"作业?"我妈问。

"作业,对。"凯特说。

"不会,我不介意。"

"凯特差不多要回去了。"我说。

"哦,别急着走,不用在意我。"

凯特很急,才一眨眼她已经走到门口了。"我会把雷小姐的……嗯……新作业拿来,明天放学之后。"她转头说。

妈妈看了我一眼,但没说什么,她把鞋子甩掉。

"今天过得不错吧?"她终于开口了。

"还好。"我说。

"数学都做完了?"

"做了一些。"

"嗯,我有个好消息要跟你说。"

"什么好消息?"

"我明天不用上班。"

"什么?"

"后天也不用上班。"

"为什么?"

"我也是有休假的,罗伯特。医院的规定,因为我表现良好,之类的。"

她要休假!我没有出门,一整天像个乖宝宝待在家,结果她竟然要休假?不公平!

"这样我就可以陪你了。"

"真不错。"我说。

"一个坏消息是我星期五要上晚班,但我想让你和你爸独处也不错,你觉得呢?"我没说话。"那好,"她说,"就这样说定了。"

没错,那我也知道该怎么对付尼克了。

"妈。"

"怎么了?"

"我可以借用一下电话吗?我想拿到我房间去。"

"你要干什么?"

"我想打电话给尼克,道歉。"

"哦,罗伯特。"

"可我想一个人打。你知道,因为……"

"你真是个乖孩子。"她在我头上吻了一下。

我拿起电话,趁她不注意,把椅垫下面的羽毛也拿出来,然后回房。我当然很想直接到尼克家当面问他,看着他的眼睛。但既然妈妈在家,我不可能出去。再说,有些事是不能等的。

我拨通了电话。

"喂?"

"尼克妈妈您好,我是罗伯特。"

"哦。"

"我可以跟尼克说话吗?"

"我不知道他想不想跟你说话。"

"麻烦您了,尼克妈妈。"

没有说话。

"您能问问他吗?我想跟他道歉,说对不起。"

"哦,"她的声音轻柔了,"那好吧,我问他。"她手按住话筒,我听见一阵模糊不清的对话声,接着,尼克来听电话了。

"嗨,猪头。"

"嗨,尼克。"

没有说话。

"听说你有话要跟我说?"

"对不起。"我说。

"等着瞧吧,"他回答,"相信我。"

"尼克。"我试着耐住性子。

"干吗,罗大呆?"

"尼克,你还记得我们在机会之屋的事吗?"

"印象不是很清楚了。"

"你喜欢我吗?"

"什么?!"

"你喜欢我,尼克。有一点儿吧?也许?"

"没有,你别瞎扯。"

"你觉得我很有趣。"

"那倒是。"

"我觉得你人很好,我喜欢你,尼克。"

又没有说话,但我感觉得到一股好奇。

"嗯,"我接着说,"美术教室发生的事,我真的很抱歉,我不应该打你,那不对。打人是不对的。"

"是是是。"

"可是……"

"我就说吧。"

"可是,那时候是因为艾迪丝太太。"

"什么?"

"我没奢望你能明白,因为我自己也觉得很离谱。但你要相信我,就像我会相信你一样,好吗?"

"你到底在说什么啊,罗大呆?"

"羽毛衣不只是羽毛衣。"

"听你在说,罗大呆。"

"它跟艾迪丝太太的性命有关。你知道她生病了吗?"

"我知道。"

"我们打架的时候,那根羽毛,我在机会之屋找到的灰羽毛断掉的时候,艾迪丝太太病得更厉害了,病得很严重。尼克,她就快死了,尼克。"

"你说的是这件事啊。"

"所以我需要那根灰羽毛,还有那根白的,如果它也在你手里的话。我必须拿回来,把它们缝到衣服上。"

"要是它们不在我这里呢?"

"在你那里吗,尼克?"

没有说话。

"尼克!"

"没有,抱歉,不在我这儿。再见。"说完他就挂电话了。

"尼克!"我大喊。我这么和颜悦色,这么配合,这么老老实实道歉,全都没用了。我真想把他杀了。我一定要去他家把他杀了,就是现在。

"他拒绝你跟他道歉?"妈妈听见我大喊,就上楼到我房间来。

"不是,是的!"

妈妈在床边坐下。"有时候要接受对方的道歉并不容易,"她说,"就跟说对不起一样。但你起码试过,那就好了。"

"嗯。"

"你想玩扑克牌吗?"

"什么?"

"扑克牌。"

"我们家哪儿来的扑克牌?"我看着她的脸说,"该不会是好心的教导主任出的主意吧?"

她匆匆否认:"不是。"

我尽量不去想我对妈妈撒的谎。但她对我说谎,真的让我很难过。

"我只是在想,"她接着说,"我们现在很少一起玩游戏了。"

"妈,"我尽可能用大人的语气跟她说,"这不是你的错。"

"真希望你爸在这儿。"她说。

"我知道。"

接下来的两天,我努力保持正常,好好儿当我的罗大呆。我都快忘记当罗大呆是什么感觉了。我和妈妈一起吃饭,跟她聊天儿,甚至玩牌。没想到我还蛮会玩扑克牌的。但私底下,我还是偷偷过我的日子。大部分时间我都在恨尼克,我觉得机会之屋的羽毛一定在他手里,说不定白羽毛也是。我幻想自己趁妈妈睡着的时候从房间窗户爬出去,走到尼克家,抓着排水管往上爬,结果误闯进他爸妈的房间。所以我又想了另外一个。这回尼克邀我到他家,两个人面对面和解,我跟我妈说我几点要去尼克家,但不管我说什么时间,她都说"好,那我跟你一起去"。所以我只好大白天闪人,还带着机关枪。但就算这样,我还是有可能找不到羽毛。尼克这家伙,究竟会把羽毛藏到哪里去呢?

"罗伯特,你在想什么?"

"我在想要不要去洗澡。"

我这两天洗了很多次澡,大概是平常的四倍。我妈发现我突然变得这么爱干净了很是奇怪,担心我是不是又迷上新东西了。我不敢跟她说,其实没有,我还在缝。我把羽毛衣和凯特给我的羽毛藏在睡衣底下,冲进浴室把门锁上,边放水边缝羽毛,缝一个小时左右才开始洗澡。当然,那时水都冷了。他们说用冷水洗澡有助于思考,但对我好像无效。我的计划还在原地踏步,我还是在担心艾迪丝太太。

这两天,我妈只离开家一次,去买鸡蛋。这中间,伊恩·赖特又打了一次电话到赡养院,询问艾迪丝女士的病情。助理看护跟他说,他姑妈的情况没有变好,也没有更糟。我想这应该算是好消息,跟我预期的差不多。没有羽毛再折断,所以病情没有恶化;衣服还没做好,所以病情也没好转。至于凯特,她用"自然作业"当借口,搜集了一些毛茸茸的白色小羽毛,正好用来缝在前襟。我缝,不停地缝。

星期五,羽毛衣缝好了。

"别忘了,"妈妈说,"你爸七点钟来,记得先从门镜里确定一下,别让陌生人进来。"

"遵命,妈。"

但到了七点,不用我说你们也猜得到,对吧?我早就不在家了,所以谁都进不来。我六点二十出门,只比我妈晚五分钟。我已经四天没出门了,连空气的味道都不一样了,很像是春天。树木已经发出绿芽,就连狗腿路的苹果树都开满了粉红色的花。虽然是傍晚,但天还亮着,这些都是好兆头。

我走在路上,心里充满使命感和希望。羽毛衣沉甸甸的,折好收在塑料袋里。我把它捧在胸前,一手环住袋子,一手伸进去深深地埋在羽毛里。温暖的感觉好真实,好像活的一样,正在呼吸,我甚至感觉到它有心跳。当然,我感觉到的是自己的心跳。怦怦、怦怦,一下一下伴着我的脚步,奔向艾迪丝太太。

差五分七点,我抵达赡养院。我溜到屋子后面,防火门透出一丝灯光。是凯特动的手脚,她答应帮我的忙。"没问题,我可以早点到,帮你把门打开。"我很快摸进玄关,从走廊到艾迪丝太太房间,这是最近的一条路,但我忘记对面是休息室。今天晚上,休息室两扇门开得大大的,里面人声嘈杂。我整个人贴在墙上,好像只要不动,他们就看不到我似的。要是护士长在里面,那怎么办?

我一动不动地观察着。休息室已经重新整理过了,平常靠墙排列的椅子现在围成适合观众的半月形。有几位老人找不到平常坐的位子,焦躁不安地嘟哝着。后面的舞台旁边,凯瑟琳用纸把天堂花园墙报盖住,火鸟墙报在她左手边,没有任何遮掩。尼克画的金羽衣漂亮极了,让人一眼就被吸引住。金羽衣两边各站了一个人,分别是尼克和母鸡马薇丝。尼克只有十二岁,但比马薇丝高。两人前面跪着一个人,拿着相机往上拍,是摄影师。

"头靠近一点儿,"摄影师说,"马薇丝,她叫马薇丝吗?近一点儿,马薇丝。"

马薇丝没有动。

"她听不见吗?"摄影师问。

"是的。"尼克说。

"马薇丝,"摄影师吼道,"你可以站近一点儿吗,亲爱的?"

"说什么都没有用,"马薇丝严肃地说,"记住我的话。"

"马薇丝。"尼克说着伸出手,要马薇丝靠过来,好像要抱她一样。

马薇丝靠过去了,尼克还真的抱住了她,感觉好奇怪,好温柔,让我差点儿没发现马薇丝挪动位置后露出来的墙报。最右边那块是故事的结局。越过两块展板的接缝,我慢慢看出故事后来的发展。虚弱的美丽火鸟飞向天际,天上有弯弯的彩虹、耀眼的太阳,还有雨,应该是雨,但我看到一个男孩在哭,雨水化作他的眼泪。

尼克咧嘴微笑,摄影师按下快门,咔嚓。微笑、微笑,咔嚓、咔嚓。

"你拍完了吗?"凯瑟琳挥着手上的纸。

"那是你画的？"摄影师问。

"不是，"凯瑟琳说，"好了，不好意思。"说完她就用第二张纸把火鸟墙报盖住了。

墙报盖住之后，我才恢复行动能力，沿走廊溜进艾迪丝的房间。这里和休息室完全不同，简直像墓园一样安静。正中央一张桌子、一张床、艾迪丝、恩尼斯，全都静止不动。分不出谁比较安静，是铁床，呼吸近乎停止的艾迪丝，还是心灰意冷、全身僵硬的恩尼斯？我看着眼前的景象，看了好久，恩尼斯才抬起头来。他发现进来的人是我，就说："罗伯特，感谢上帝。"

我立刻走到床边。"艾迪丝太太，是我，罗伯特，我来了。"

没有反应。

"我做好了，羽毛衣做好了。"

没有反应。

"艾迪丝太太，"我把羽毛衣从袋子里抽出来，"你摸摸看！"

没有反应。

我转头去看恩尼斯。他摇摇头。

艾迪丝的呼吸很弱，但声音很大。我听我妈讲过，人快死的时候，呼吸就会是这个样子。护士说这叫临终鼾声。

"艾迪丝太太！"我大声喊她，同时抓起她的手伸进羽毛衣里。

"啊哈!"她说。

恩尼斯好像突然醒了过来。

"艾迪丝。"他说。

我们俩都看到她的手在动,往羽毛衣里伸,动作很轻很轻。

"啊……"她又叹了一口气。

"你要穿吗?"我说,"你要把羽毛衣穿上吗?"

她又发出了声音,虽然听起来一点儿也不像"要",但我和恩尼斯都知道她想说什么。

我把珍珠扣解开。

"我扶她起来。"恩尼斯说,"艾迪丝,亲爱的,我现在要扶你起来,让罗伯特帮你把羽毛衣穿上。"

他伸手揽住她像鸟一样的肩膀,温柔地将她扶坐起来。她的头垂得低低的,眼睛依然没有睁开,但我还是想办法帮她把羽毛衣穿上了。我抓着她的手,帮她穿袖子,接着把羽毛衣拉到她背后,披上她穿着睡衣仍然瘦弱的肩膀。恩尼斯想办法调整双手,但始终没有松开艾迪丝。我走到恩尼斯身边,帮她穿另一只袖子。恩尼斯让她躺回床上,艾迪丝又叹了一口气,但感觉得出来带着满足。我开始扣扣子,我手指很笨,不小心碰到她的脖子。

"对不起。"我说。

"亲爱的……"她说。

恩尼斯倒抽一口气,"艾迪丝?我们在这里。我和罗伯特都在,你没事了。"

"没错……"她说着睁开眼睛,眼神里带着道别之意,"没错。"

她看了天花板一眼,接着痛苦地慢慢转过头来,先看看恩尼斯,又看看我。"握着我的手。"她说。我握住她的左手,恩尼斯握右手,她的皮肤很干,像纸一样薄,但是很温暖。

"我要……"她开口道。

"不要,"恩尼斯说,"不要,不要。"

"我要……"她又说了一次,说完露出甜蜜的微笑,带着惊喜,像天使一样,"唱歌。"

恩尼斯看起来很吃惊,甚至有点儿害怕。艾迪丝张开嘴,清了清喉咙,开始唱了。她发出痛苦的喘息,仿佛尘封多年的乐器,发出几声干咳。她合上嘴巴,舔了舔嘴唇,然后又开始唱。嘶哑、粗嘎、颤抖、悲伤而苍老。她咬了咬牙,然后再唱,再唱。

恩尼斯听着,面孔因悲伤而扭曲。连我都想阻止她,因为她似乎拼命想找回她曾经拥有的东西,却徒然无功。我怕她会受不了打击。然而,我和恩尼斯一样,只是坐着,照她的吩咐握着她的手,直到一个新的声音冒出来。

现在回想起来，我还是不知道那个声音是从哪里来的。一个可怜、唱歌结结巴巴的老太太竟然能唱出那么美的一个音，紧接着又是一段旋律，美得让人落泪，只想再听下去。声音干净、嘹亮，不是出自沙哑的喉咙，而是灵魂喜悦飞翔的歌声。恩尼斯哭了。泪水顺着他的脸颊簌簌滑落，这是我认识他以来第一次见他哭，但他看起来好开心。

旋律停止了。艾迪丝吸了一口气，恩尼斯也吸了一口气，接着她开始唱最后的音符。她唱着她的单音歌，脸上带着微笑，仿佛要献给恩尼斯。他们俩靠在床边手牵着手，好一对伴侣。而在我手里，我只感觉到她手轻轻一按，称不上捏。但我希望她能捏我，希望她也握紧我的手。然而，她已经没力气了，我甚至觉得她都没法转头。但她还是继续唱着，即使声音越来越弱，越来越弱，直到最终恢复寂静。她又呼了一口气，恩尼斯和我都在等她继续开口唱，但她没有。

"艾迪丝！"恩尼斯把头贴在妻子胸前，整张脸埋在羽毛里，"艾迪丝！"

我知道火鸟死了。

我的火鸟死了。

我放开她的手，感觉她的手指一根一根从我手中滑落。接着我站起来，房间的门开了，但我完全没听到。尼克站在门口。

这时他要是敢开口,敢说一个字,我一定会杀了他。但他什么都没说,只是站在那里,我知道他听见了。一定是歌声把他吸引来了。

我走过他身边,走向休息室。他没有跟过来,我很高兴他没这么做。我不知道该往哪里去,感觉不到我能去的地方。我只是一直走一直走,漫无目的地走,走到敞开的休息室门口。我停下脚步,因为那里有东西可以靠,让我的身体休息。凯瑟琳在讲故事,她的话语朝我这边飘来。

"小男孩怎么了?"哑巴王子问。

"有人说,"来尝试的女孩说,"他哭了好久好久,为了他的火鸟妈妈,最后连声音都哭哑了,变成了哑巴。有人说,他转天早上醒来,发现枕头旁边有两根金色的羽毛,这两根羽毛带给他一辈子的勇气、爱和幸运。"

有人顺着话语走了过来。一个男人从房间角落里冒出来,身高和步伐感觉很熟悉,他走到我面前停下。是我爸。

"嗨,儿子。"他说。

我把头靠在他胸前。他伸手抱住我,温暖又结实地抱住我。有人哭了。是我。

17

两天后,星期天,我又出现在机会之屋。是凯特提醒我,我才看到公告的。改建工程再过一个星期就会开始,机会之屋将改建为青年活动和就业中心,包括几间办公室、电脑房、游乐室(里面有台球桌、桌上足球和乒乓球台),还有卖便宜餐点的小餐厅。我抬头看看顶楼,心想:他们会在戴维的房间里放什么?

"所以,"有个声音说,"又要告别一次。"

我不用回头,就知道说话的人是谁。但我还是回头了。

"恩尼斯先生,你好。"分享会之后我就再没见过他了。我以为他会弯腰驼背,可是没有。

"你要进去吗?"他问。

我之前压根儿没想到这件事,也没想要做什么。但看了他一眼之后,我说:"要。"

我们一起绕到房子后面,恩尼斯带了根棍子,是镶银把手的象牙拐杖,让他走在杂草丛生的地方不至于跌倒。他看也不看就绕过瓶子、啤酒罐和微波炉,走起来稀松平常。我们走进厨房,我发现他对这里也很熟悉,他走过厨房,弯下腰把砖块移开。

"是你!"我大喊,"搬动砖块的人就是你!"

"你也一样,"他回答,"你也搬过。"

他直起身子,扶住门说:"你先走。"

我踏进走廊,听见微弱的滴答声。滴答、滴答。

"水是从哪里来的?"我问。

"那个,"他说,"我一直搞不懂。"

屋里透着晨光,又有恩尼斯在我身旁,实在很难想象这里有什么好怕的。恩尼斯小心地走过前厅的碎地砖,用拐杖戳戳楼梯上的壁纸,确定楼梯的宽度。

"我一直以为会有人跑进来占住,"他说,"结果没有。"

"你什么时候开始来这里的?"我问。

"厨房的纱窗被拆掉之后,大概是一年前吧。之后就断断续续地来。"

我看着他,他知道我在想什么。

"不是,纱窗当然不是我拆的。"他笑着说,"所以我才以为会有人来占住。"

我们爬完最后一段楼梯,穿过防火门,走到平台上。恩尼斯停住脚步，站了一会儿，走进有一百万只鸭子的房间里。我跟在他后面，跟他一起走到窗边。他看着窗外。

"这就是事发的房间，"我说，"对吧？"

"对。"他背对着我说。

我终于忍不住了。"恩尼斯先生，他为什么要那么做？他为什么要跳楼？"

"跳楼？"恩尼斯转过身，"戴维没有跳楼。"

我整个人愣住了，脚下的地板发出嘎吱的声响。

"那只是个古老的传说。"他又说，语气里带着一丝和蔼，"像这样的房子都会有传说，尤其是曾经发生过悲剧的房子。"他顿了一下，"戴维是死于哮喘，因为没办法呼吸。"

"哮喘？！"

"对，哮喘，就是这样。"我脸上一定显现出难以置信的神情，因为他马上接着说，"那时候跟现在不一样，没有什么预防药。他那天哮喘发作，喘得非常厉害……"他声音渐弱，"大家都无能为力。"恩尼斯用拐杖敲敲地板，"谁都救不了他，也没有东西能救他。"

他话里有挑衅的意味，眼神闪着乌鸦般的光芒。他觉得我一定会反驳，可是我没有，于是他自己打破了沉默："但是，艾迪丝没办法接受这个事实。艾迪丝觉得如果她在他身边，戴维就不会死,她觉得她能——她应该可以——救他。"

"她不在他身边？"

"不在。他死在这里,在这个房间,一个人。"

"我不明白。"

"这间房子的主人是林莉,她是艾迪丝的朋友。她把戴维留在林莉家,自己去上音乐课。"

"我记得你说过你不让她唱歌。"我低声说。

"我是不让她唱,起码试着阻止过。我真蠢。所以她会瞒着我,所以音乐老师不来我们家,是艾迪丝去他家上课,而把戴维……留在这里。"

"你威胁她！"

"威胁？"他重复我的话,"没……没有,唉,现在讲你们很难理解,但在我们那个年代,女人是很难发展事业的,只能在家相夫教子。我也希望她这样,却没发现她的梦想不仅仅是结婚生孩子,她心里有一颗星,她必须去追寻。"这会儿,恩尼斯整个人都倚在拐杖上,仿佛他细瘦的身躯突然需要支撑,"后来我见到她的老师,他跟我说艾迪丝唱得很好,很有天分,前途不可限量。"

"结果她放弃了?！"

"没错。戴维死后,她就发誓再也不开口唱歌,一个音符都不唱，家里也不准有任何音乐，就连街上有人唱歌或吹口哨儿，她都会勃然大怒。她就像是疯了，"他若有所思地说，"疯了好一阵子。"

阳光从破损的窗子透进来，灰尘在恩尼斯的脑后舞动着。

"然后呢？"

"她把自己封闭起来，拒绝一切，把我们挡在外面。音乐、戴维和我，对她都失去了意义。她仿佛活在另一个世界，活在心里的另一个角落。但是她并没有不开心，她过得很好，所以我也就由她去。我觉得这是她疗伤的方式，所以就顺着她。"

"可是你跟她离婚了。"我恶狠狠地说，虽然这根本不关我的事，离婚的又不是我爸妈。

"没错。但是她要跟我离婚的，是她提出来的，因为我是她和过去的最后一丝联系，所以我非走不可。"他疲惫地说，"但我的心从来没有离开过她。我觉得，或者我希望，她内心深处也知道这一点。"

"对不起。"我说。

"为什么说对不起？"

"我以为只要有羽毛衣，她就会好起来，我真的这么以为。"

"我知道。"

"本来我能做到的，但我跟别人打架，把一根羽毛弄断了，在这个房间找到的羽毛,机会之屋的羽毛。但我把它弄断了,后来又弄丢了,所以她才会死掉。"

"不是,"恩尼斯大声说道,"才不是这样!你绝对不可以这么说,绝对不可以这么想。"他扬起拐杖像拳头一样对着我挥舞,"不是你的错,艾迪丝是死于癌症,事情就是这样。生老病死,这不是任何人的错。艾迪丝就是拒绝接受这一点,才会自责了三十年,只因为她不在戴维身边,没办法救他。但这些都是狗屁。所有医生都跟她说,没有人、没有东西能救得了戴维,但她却让罪恶感控制了自己的生命。她的音乐、她的天分、活力和我们之间的爱,全都跟着戴维一起埋葬了。"

"戴维也消失了,我们深爱的儿子。她甚至没办法开口说戴维的名字,直到遇见你,罗伯特。这么多年来,我是多么想跟她聊聊戴维,我的宝贝,我的孩子。真要追究起来,也是我的错。她不是没怪过我,也怪得有道理,所以我才会接受这一切,她的沉默、她的拒绝,还有离婚,我是罪有应得。但你绝对不可以自责,罗伯特,是你给了艾迪丝全世界。"

"所以,分享会那天晚上,"我慢慢说,"是她第一次……"

"没错,是她第一次重新开口唱歌。三十年了。都是你的功劳,罗伯特,你让她找回她的歌声,让音乐回到她身边,让她找回自己。"他深深吸了一口气,"也让她回到我身边,"接着他生硬地说,"我永远没办法报答你。"

"不只是这样。"我说。

"什么?"

"她也给了我东西。"

"是吗?"

"她是第一个让我知道我想要什么就可以为之而努力的人。"

"真希望她能亲耳听你这么说,我猜她一定会觉得她是全世界最骄傲的人。因为她最想要的就是这个,这也是戴维的希望。"

"你是会飞的男孩子。"我说。

"没错,"他说,"她总是这么跟戴维说。你做得到,你能飞。只要你想做,戴维,你就能做到。"他说着叹了一口气,"我应该让她飞的,这才是爱,给你爱的人自由,让你爱的人飞。"

他离开窗边。"你会来参加葬礼吗?"

"当然会。"

"谢谢你,她一定会很开心。"他顿了一下,"我想给你一点儿东西……她的东西……"

"为什么?"我说,"她已经给我好多好多了。"

"谢谢你。"他说,仿佛有什么卡在喉咙里,"谢谢。"他回过神来,用拐杖咔咔地敲着地板,"那,或许我们可以偶尔聚聚,一起喝个下午茶什么的,还是热巧克力?你觉得热巧克力怎么样,罗伯特?"

"早安,热巧克力。"

"什么意思?"恩尼斯说。

"是我爸常说的笑话。我知道不好笑,但他也有其他优点。"我看了看表,"差点儿忘了,我该走了,我今天要跟他一起吃午饭。"

"那就改天吧。"

"好。"

我们俩一起离开机会之屋。我在心里悄悄跟一百万只母鸭和三百万只小鸭说再见,恩尼斯拄着拐杖下楼,迎向屋外的春天。我们走到屋子转角的时候,一个拿着档案夹的男人对着我们大喊:"嘿,这里是私人土地!闲人不准进来!"

18

就这样,我的故事讲完了。我很想告诉你们我爸妈和好了,我们一家从此过着幸福快乐的生活。但这不是真的。起码我爸妈和好,又住在一起这件事是假的,因为爸爸已经跟琼再婚了。但我现在可以经常见到他,这倒是真的。我们一起去钓鱼。你们想笑就笑吧,已经有很多人笑过了。可是我很会钓鱼,爸爸说我有"感应手指"。我们常去雪寒海边岩钓,不同季节会钓到不同的鱼,有时候是鲽鱼,有时候是小鳕鱼和牙鳕。换饵或绑鱼钩,爸爸都会让我来,因为我绑得比他快。我可是有经验的,针线、打结和羽毛,你们知道的。他第一次看到我弄湿尼龙线把结打牢的时候就问:"是谁教你的?"

我只是耸耸肩,没有回答。他从来没问我缝羽毛衣的事,也没问我分享会那天为什么哭。就是因为这样,钓鱼对我们两个都好,我们可以在一起,彼此陪伴,但又不用说什么话。

"可以帮我打个固定结吗?"

"没问题,爸。"

"谢了,儿子。"

"你想吃三明治吗,罗伯特?"

"你好,三明治。"

如果是从前,我一定会很恼火,因为我们根本是在胡扯。但有些东西是不用说的,甚至没办法说出口。其实很明晁,就像爸爸对我的爱,就像恩尼斯对艾迪丝的爱。我一点儿也不想把爸爸推开、把他埋藏起来或是怪他。我希望他在我身边,尽他所能地陪我。而他真的做到了。我跟自己说,这样就够了。有一天,等我知道该怎么做了,我会告诉他我爱他。不过,我也可能不会说,因为说不定他已经知道了。

至于恩尼斯,我很想说我们保持联络,甚至变得很亲近,有点儿像祖孙俩。可这也不是真的。我觉得恩尼斯困在自己设的牢笼里太久了,很难再自由走动。我们偶尔会见面,在墓园,他带上鲜花,我带上思绪,两人点头微笑,他会问我过得怎么样,我会说很好。戴维的坟旁多了一块新的墓碑,上面刻了艾迪丝的名字和生卒日期,还有两个字:重逢。

鸽子停在艾迪丝的墓碑上,我不会驱赶它们。她躺在棺材里,身上穿着羽毛衣,就葬在下面。这是艾迪丝的选择,所以我想鸽子有资格停在墓碑上。热巧克力的事,恩尼斯后来没有再提过，我也就当作没这回事。我不晓得我们喝热巧克力的时候要聊什么，我只知道他为我感到开心，我也为他感到高兴。

报纸报道了这件事。那天晚上在分享会除了摄影师，还有一个叫米勒的记者。他说他听到了艾迪丝唱歌，我一直觉得其实是尼克告诉他的。因为尼克很想聊聊艾迪丝的歌声，因为它太特别、太纯粹了，完全听不出来是什么意思。总之，米勒知道艾迪丝的事之后，又把三十年前的"悲剧男孩"传说挖出来，再加上机会之屋和房子改建的事，写成一则报道，或者说故事。他的故事，报纸的故事。他完全没提火鸟的事，我也没跟他说，虽然他访问过我。

"她是不是觉得你是她儿子？是不是把你认作戴维，所以才会在三十年后重新开口唱歌？"

我什么都没跟他说，但报纸还是把"故事"登出来了。他们搞错了戴维的年龄，恩尼斯的名字也不对，写成埃里克。但我很高兴，因为这些错误让报道真的变成了故事，跟任何人、任何事都无关。不过，他们确实提到戴维是死于哮喘，还有他上过学，而他上的学校就是我上的那一所。我倒是不知道这件事，说不定是假的，但却给了我一个想法：也许我们学校应该纪念戴维，纪念他代表的意义。第一个发现我这个想法的，是我妈。

"你这个想法太棒了，"她说，"这样大家或许就会注意到哮喘的威胁,说不定全国人都会重视这件事,甚至设个哮喘关怀日。"

她这么一说,我马上放弃了这个念头,因为我根本不希望这样。我想要的也是艾迪丝想要的:无所不能男孩日。但我知道不可能有这样的日子,因为无所不能的力量是来自内心的,来自一个触动、信念或者希望,来自你有办法站起来对着像尼克这样的男孩说"不"。

尼克。我很想说我们虽然没成为朋友,但起码很敬重对方。这倒是真的。不是因为我做了什么,而是他。艾迪丝太太葬礼结束的第二天,有人敲我家的门。我开门,发现站在门外的是尼克和凯特。

"尼克有东西要给你。"凯特说。

尼克手一伸进口袋,我就知道是什么东西了,是羽毛。尼克把羽毛掏出来,断掉的机会之屋的灰羽毛和海边的白羽毛。

"羽毛真的在他那里,"凯特说,"他倒在地上的时候握在手里面。"

尼克伸手过来,张开手掌,把羽毛递给我。"有人说,"尼克说,"小男孩转天醒来,发现枕头旁边有两根金羽毛,闪闪发光,这两根羽毛带给他一辈子的勇气、爱和幸运。"

他声音很轻,但很认真。我知道这份礼物不只是给我,也是给艾迪丝太太的。"谢谢。"我回答。但我马上又补了一句,以防万一:"这不能改变任何事,她无论如何都会死去,你知道的吧?"

他点点头。

后来,我拿着羽毛回到房间。爱,我拥有的已经够多了;勇气,我还想多要一点儿;幸运,幸运。如果你问我,艾迪丝太太教会我什么事,那就是幸运是你自己创造的。我把羽毛收进抽屉里。

对了,还有凯特。我猜你们一定很想知道我和酒窝天使后来怎么样了吧?很抱歉,我不能告诉你们。至少不是现在,因为,那可真是说来话长……

后 记

故事从来不会凭空出现。这本小说的灵感来源于我儿子罗兰,有一天他对我说:"你为什么不写一本给像我这么大的孩子看的书?"他那时候十一岁,我们完成小说的时候他十二岁。我每写完一章,就会读给他听,他总是给我中肯而明智的建议,我很感谢他。

我还要感谢下面几位十到十三岁的"试读"小朋友:山姆、娜塔莉、菲力斯、克莱尔和玛蒂达。我把小说的前半部寄给他们,同时惶恐地附上一份问卷。他们给我的答复不但充满智慧,更带着热情。对我来说,就像礼物一样。玛蒂达甚至还画了插图。

我要谢谢我妹妹洁姬,我比她大十三岁,过去常常念故事给她听,但现在换成是她讲故事给我听了。她跟圣艾德堡赡养院的老人一起参加了一个艺术活动。我有幸跟其中几位老人见面,和他们聊天儿。我感谢他们赐予我的智慧之言。我还要感谢我九十一岁的姨婆多萝西,谢谢她用非常温柔的方式讲述了许多自己的回忆。

同样要感谢丹·亚辛斯基,他写了一本非常出色的书《犯错的说书人》,让我知道哑巴王子和火鸟的故事。这个故事源自北美洲的克里族和易洛魁族原住民,亚辛斯基用自己的话复述了一遍,我根据他的说法又复述了一遍。故事就是这样。

谢谢我的经纪人克莱尔,谢谢她对我的信心、她的活力和开明,这对我来说意义重大。

最后我要感谢自己有一天在霍夫市区漫步的时候,碰巧遇见一栋荒废的大房子,心里感觉到一股强大的吸引力,要我走进去……

书评

国际大奖小说·成长版

每一位老人都是一座图书馆，每一个孩子都无所不能

七弦 / 厦门公益小书房创始人

我们的社会，脚步越来越快，更新越来越令人眼花缭乱，还有多少人会在意古老的传说寓言？还有多少人会尊重、学习、汲取老人的智慧与经验？是否还会相信"每一位老人都是一座图书馆"这样的传奇？

人类社会的演化，经验传递由基因一代一代复制、遗传、优化。这本书开篇语即揭示了这个真谛——"这个故事发生在从前从前、未来未来和永远永远的现在"。

羽毛男孩的故事也由此启程，这句蕴意深沉的话如一根细细的金线，贯穿整个故事。

故事一出场，凯瑟琳便讲了一个古老的传说，小小的开头带给人无限的悬念和好奇。只讲开头没有结尾，留有悬念的火鸟故事，对听故事的孩子们如魔法棒一般点石成金，激发了他

们无限的潜能。

有这样一本书记录了这样的传奇,同时也记载了羽毛男孩会飞的奇迹。

《羽毛男孩》是关于一个十二岁单亲少年罗伯特寻找真正的自己、凤凰涅槃的蜕变成长故事,关乎责任,关乎勇气,关乎信心,关乎希望,关乎承诺,关乎坚持,关乎亲情,关乎友情……还隐约呈现一点点朦胧美好的情窦初开。故事本身很简单,但内容涉及的主题如此丰富又不杂乱,层次错落有致,宛如热带森林自然层次分明的神奇景观。

当我们回忆童年,常常不由自主定义童年的主旋律是快乐美好,实际上,年少除了欢欣与快乐,也有属于孩子的细腻、忧伤、恐惧、哀愁与多思,人生的多面……复杂性在童年世界也真实存在。美好与丑恶,快乐和痛苦……都兼而有之,如同我们每个人内心里也有一个不为人知的另一个自己。

从写作而言,小说的对白最难写,而作者娴熟流畅的笔法,令人物鲜活,个性十足,立体饱满,阅读的过程如电影般在我面前自动放映,令人沉迷。

在老人院,讲述一个女孩子到森林里向爷爷奶奶求助,寻求经验与智慧的一段,是本书很重要的一笔,同时奠定了《羽毛男孩》的另一条平行主线——老人。这是和许多儿童文学作品、成长小说很不同的一点。

我在读这本书的过程中，自始至终有一种很强烈的感觉，就是写老人的部分虽然篇幅不多，但对比和衬托写孩子这部分，很多地方有作者巧妙的渗入。当我读完小说，看到"后记"时，突然有一种恍然和印证。

我细细体味，认为这恰是作者的高明和精妙安排，有一点儿类似小说《蝴蝶梦》的写作手法，人物丽贝卡从未在书中正面出现，但借他人角度的叙述和描写，成为书中绝对的主角。

由此，我认为，《羽毛男孩》里的老人和孩子是平行的主线，都是主角。

故事的开始有些絮叨、有些飘浮、有些闪烁的自述，或许令读者有些不耐，而好故事恰恰需要耐心，惊喜需要等待。读完全书，合上书页，你会真正体会作者的匠心独运，先抑后扬的手法，恰到好处地体现了小主人公罗伯特如毛毛虫般慢慢经历痛苦、经历蜕变展翅为美丽蝴蝶的过程，也让读者亲临电影慢镜头一般见证这一羽化涅槃。

艾迪丝对罗伯特说：我不顾自己也会救你。

罗伯特对艾迪丝说：当然，我一放学就去。

初次见面的一老一少，家常话里忽然石破天惊，彼此郑重承诺。罗伯特夜宿机会之屋,迈过恐惧,变成内心的巨人。

艾迪丝对罗伯特说:你是会飞的男孩子。

……

真正的好作品通常以表面的悲剧结尾,既真实自然又充满力量,蕴藏无限希望的种子。

老人传递智慧、信心给孩子,孩子传递希望给老人,每一个人都在老人院之行中得以真正地回归本真的自己。

如《圣经》中对信心的精妙阐述:信心就是所望之事的实底,是未见之事的确据。

如莎士比亚在《查理三世》中言:真正的希望如燕子般轻盈飞翔;它让国王变成天神,让平凡人变成国王。艾迪丝太太穿上羽毛衣如此,罗伯特制作羽毛衣后也是如此。真正的爱,怀着爱的希望,会让人飞。

我们应该让我们爱的人飞。

艾迪丝和罗伯特告诉我们所有人:每个孩子都无所不能。因为无所不能的力量是来自内心的,来自一个触动、信念或者希望,来自你有办法站起来对着像尼克这样的男孩说"不"。

献给曾经十二岁,以及所有正在经历或将要十二岁的人。